पत्थर और परछाइयाँ

(मार्कण्डेय के एकांकी)

पत्थर और परछाइयाँ

(मार्कण्डेय के एकांकी)

सम्पादक एवं भूमिका

डॉ. गिरीश रस्तोगी

कथा प्रकाशन, इलाहाबाद
की ओर से वितरित

लोकभारती प्रकाशन

पहली मंजिल, दरबारी बिल्डिंग, महात्मा गाँधी मार्ग इलाहाबाद-1

कथा प्रकाशन, 60-सी, थार्नहिल रोड, इलाहाबाद-1
द्वारा प्रकाशित

वितरक
लोकभारती प्रकाशन
पहली मंजिल, दरबारी बिल्डिंग, महात्मा गाँधी मार्ग
इलाहाबाद-211 001
वेबसाइट : www.lokbharatiprakashan.com
ईमेल : info@lokbharatiprakashan.com
शाखाएँ : 1-बी, नेताजी सुभाष मार्ग, दरियागंज
नयी दिल्ली-110 002
अशोक राजपथ, साइंस कॉलेज के सामने
पटना-800 006 (बिहार)

संस्करण : 2013

मूल्य : ₹ 250

आवरण : अंकुर

इण्डियन प्रेस प्रा.लि.
इलाहाबाद द्वारा मुद्रित

PATHAR AUR PARCHHAIYAN
by Markandey
ISBN : 978-81-8031-767-5

अनुक्रम

मार्कण्डेय के एकांकी

महान् कथाकार मार्कण्डेय सामाजिक परिवेश, समाजिक सन्दर्भों और समस्याओं के एक बड़े रचनाकार हैं। लगातार मानव स्वभाव को परखने, चारों ओर की परिस्थिति को, घटित घटनाओं को, उनके माध्यम से अपनी रचनाओं में परतें खोलते जाना उनकी खूबी थी। मार्कण्डेय हमेशा नयी प्रकार की रचनाशीलता की तलाश में रहते थे। बदलते समय और समाज की गति और गत को पकड़ने की कोशिश करना, उसकी निरन्तर सजगता और बेचैनी उनमें समय से मुठभेड़ की अद्‌भुत ताकत की पहचान कराती रही है। उनकी बेबाक टिप्पणी है कि 'हमारे देश में सामाजिक बदलाव की जो प्रगति होनी चाहिए थी, वह नहीं हुई। बहुत कुछ बदला लेकिन जाति, धर्म, अन्धविश्वास-जैसी सामाजिक कट्टरता में कोई खास बदलाव नहीं आया। उनका ज्यादा जोर इस पर था कि 'समय को समझो और बदलते, समाज को बड़ी सूक्ष्म दृष्टि और गहराई से समझो।' रचनाओं में मार्कण्डेय का चिन्तक रूप भी उभरता है। सामाजिक सन्दर्भों की छानबीन करते हुए वह रचना को स्वतन्त्र रुचि और नया मोड़ देते हैं और सृजनशीलता का नया वातावरण पैदा करते हैं। हर परिस्थिति को आलोचनात्मक दृष्टि से देखना उनकी विशेषता है। परनिर्भरता बिलकुल नहीं, बल्कि सामाजिक प्रतिबद्धता, प्रगतिशील मूल्यों को लेकर एक विशेष प्रकार की साहित्यिक गहमागहमी को जीवित रखनेवाले साहित्यकार रहे हैं। मार्कण्डेय 'गुलरा के बाबा' (१९५१) से ही समूचे साहित्य-जगत् में जो हलचल उन्होंने मचा दी वह हम सब जानते हैं। आन्तरिक रूप से मार्कण्डेय कवि भी हैं पर उनके काव्य पर ज्यादा चर्चा नहीं हुई हालाँकि उनके काव्य-प्रेम, उनके काव्य की लय, काव्यपाठ के अनन्त सौन्दर्य को सबने पहचाना। कथा जगत् में उनकी कहानियाँ चारों और चर्चित होती गयीं। बीच-बीच में वह कभी-कभी एकांकी भी लिखते थे। जिनके बारे में किसी को जानकारी नहीं है। मार्कण्डेय और उनके एकांकी पढ़कर यही लगता है कि वह एक साहित्यकार की आन्तरिक बेचैनी को व्यक्त करते हैं। एकांकी उनके मन में लगातार उठनेवाले सवालों की बेचैनी का ही रचनात्मक रूप है।

'पान-फूल' और 'महुए का पेड़' दो कहानी संग्रहों के बाद उनका एकांकी संग्रह 'पत्थर और परछाइयाँ' (१९५६) में छपकर आया जो नाटककार रामकुमार वर्मा को समर्पित है। उस समय के वही मुख्य नाटककार थे। दरअसल मार्कण्डेय के साहित्य और उनके समग्र व्यक्तित्व को समझने में यह महत्त्वपूर्ण संग्रह है--नयी विधा होने के कारण और भी ज्यादा। निश्चय ही कथा की तुलना में नाटक एक जटिल और चुनौतीपूर्ण विधा है जहाँ कथानक और कथोपकथन से ज्यादा सोचने की जरूरत हर लेखक को होती है। मार्कण्डेय स्वयं इस सच्चाई को अच्छी तरह समझते हैं कि मात्र नैरेटर को घुसेड़कर नाटक की आन्तरिक रचना सम्भव नहीं है। वह मानते हैं कि "आज भी नाटक में वैयक्तिक जीवन-सत्यों को जहाँ एक ओर साधारणीकरण के लिए क्लिष्ट माना जाता है, वहीं नाटक में व्यापक साधारणीकरण के सत्य को भुलाया भी नहीं जा सकता क्योंकि नाटक कमरे में बैठकर पढ़ने और मनन करने के लिए नहीं लिखा जाता। सम्भवतः इसीलिए बहुश्रुत घटनाओं एवं चरित्रों को नाटक के लिए उपयोगी समझा जाता है। मार्कण्डेय अच्छी तरह महसूस करते हैं कि मात्र कथोपकथन रचना नाटक नहीं है। अपने जमाने में भी मंच की दिक्कतों, प्रेक्षागृहों और रंगमंच की परम्परा, हिन्दी रंगमंच, संस्कृति में लड़कियों का भूमिकाओं के लिए न मिलना--इन सब विषमताओं को अच्छी तरह समझते हैं। रेडियो नाटक उन्हें इसलिए नहीं पसन्द है क्योंकि वहाँ बहुत प्रकार के विषय, प्रयोग, अभिव्यक्ति वर्जित हैं। वह स्वयं स्वतन्त्र होकर व्यापक जीवन-सत्य की अभिव्यक्ति में विश्वास रखने वाले साहित्यकार हैं। एक स्वाभिमानी रचनाकार की ठसक उनके एकांकियों में भी दिखती है। लेखक अच्छी तरह समझ रहा है कि विचारों के साथ ये नाटक बन गये। लेकिन चूँकि मार्कण्डेय नाटक के साथ रंगमंच के प्रति सजग और जानकार हैं और रंगमंच की सारी समस्याओं के प्रति जागरूक होते हुए भी भारतीय संस्कृति की चुनौतियों के साथ-साथ नाट्य विधा की सम्भावनाओं से भी अच्छी तरह परिचित हैं इसलिए वह किसी प्रकार की कमी का होना भी स्वाभाविक मानते हैं। वैसे मार्कण्डेय की किस्सागोई बहुत मशहूर है। एकांकी में किस्सागोई रोमांच का रूप ले लेती है और एक विचित्र प्रकार की नाटकीयता की सृष्टि करती है।

मार्कण्डेय कथाकार होते हुए भी अच्छी तरह समझते हैं कि 'वाचन के अनेक रूप नाट्यशास्त्र से मिले हैं। परिस्थितियों और घटनाओं को प्रत्यक्ष करने के लिए हम मौन अंग-संचालन का प्रयोग भी जानते हैं।' नाट्यशास्त्र में अभिनय के चार रूप बताये गये हैं--'वाचिक अभिनय, आंगिक अभिनय, आहार्य अभिनय और सात्त्विक अभिनय'। जाहिर है कि ये सारे रूप मानव-जीवन मानव मन स्वभाव और व्यवहार का ही अभिन्न अंग हैं। बाह्य और आन्तरिक दोनों प्रकार की अभिव्यक्ति इनमें आ जाती

है। वाचन की प्रकृति और सूत्रधार के उपयोग से मार्कण्डेय परिचित हैं ही, संगीत भी उनके आन्तरिक व्यक्तित्व में बसा हुआ है। उनके लोकगीत गाने पर तो सब फिदा थे। चूँकि वह जन सरोकारों के चितेरे थे और लोकजीवन, लोकपरम्पराओं से, ग्राम जीवन से सीधे और गहरे जुड़े थे इसलिए उनके लोकगीतों में अजब, अनोखी तरंग थी। यही नहीं, चित्रकारों के चित्रों पर भी उनकी टिप्पणियाँ प्राय: 'कल्पना' पत्रिका में आती रहती थीं जो उनके कवि-मन और कलात्मक दृष्टि को, सृजनशील आयामों को व्यक्त करती है। ये सारी चीजें नाट्यविधा और 'रंगमंच' की भाषा के प्रति भी लेखक को सजग और अधिक रचनात्मक बनाती हैं। इनसे नाटक की लय को, वाचन की प्रकृति और भाषा को लेखक पहचानता चलता है।

इस एकांकी संग्रह में आठ एकांकी हैं–'पत्थर और परछाइयाँ', 'चिड़ियाखाना', 'अँधेरी झाँकी', 'मैं हारूँगा नहीं', 'दो पैसे का नमक' डंका बुआ, रसोईघर और 'रूपक' एकांकी हैं जिनके द्वारा मार्कण्डेय की आन्तरिक और बाह्य दोनों द्वन्द्वों और चिन्ताओं को समझा जा सकता है। इन एकांकियों में भी कहानियों की तरह सामाजिक पृष्ठभूमि में हमारा आज का जीवन और समस्याएँ हैं। बड़ी विशेषता यह है कि वह नाटक बल्कि एकांकी-जैसी विधा को गाँव की ओर ले जाते हैं। क्योंकि मार्कण्डेय यह महसूस करते थे कि ग्रामीण जीवन-सन्दर्भों में परिवर्तन की प्रक्रिया बहुत धीमी या नहीं के बराबर ही रही है इसलिए ग्राम चेतना अपने प्राचीन अवदानों में चिपकी है। उसने अनेक कारणों से वाचिक पद्धति द्वारा ही अपनी संस्कृति को अपनी आगामी पीढ़ी तक सम्प्रेषित किया है।' एकांकी को गाँव की ओर ले जाने से उनके सामने चुनौतियाँ भी बढ़ी हैं–विषय की, नाट्य-शिल्प की, भाषा की, रंग-शैली की, पात्र, कथानक सबकी। आज जो सवाल उठे हुए हैं–गाँव के, जनता के, आम आदमी और जनचेतना के, क्या ये एकांकी उन सवालों को पूरा कर पायेंगे? लोकभाषा, लोकनाटक, लोकमंच, नुक्कड़ नाटक-जैसी स्थितियों से भी वह गुजरना चाहते हैं हालाँकि वह हिन्दी रंगमंच की स्थिति को भी अच्छी तरह समझ ही रहे थे।

'पत्थर और परछाइयाँ' एकांकी में मार्कण्डेय ने एक साधारण क्लर्क के परिवार, उसकी समस्याओं बदलते हुए समय की परछाइयों और सच्चाइयों को गहराई से चित्रित किया है। दफ्तर में क्लर्क रामावतार बाबू और उनके परिवार–शाहखर्च वाली पत्नी सरूपा, इण्टर पढ़ी-लिखी सुसंस्कृत लड़की रश्मि, मेधावी सुशिक्षित पुत्र अजित–के माध्यम से पुरानी परम्परा, प्राचीन और नवीन के सन्दर्भ में बहुत से संकेत लेखक ने दिये हैं। रामावतार में किसान का काइयाँपन, शहर की बनावट, कुल, लांछन धरम की परम्पराएँ, खानदानी इज्जत की प्रवृत्ति है पर पुत्र अजित में वह सब नहीं है। एक प्रकार से अजित ही केन्द्रीय पात्र हो जाता है। खामोश, जिद्दी, मेधावी, नयी दृष्टि,

आज की सोच और समझ के साथ परिवर्तनशील जगत् से जुड़ता है। खानदानी इज्जत, घमण्ड–जैसे कृत्रिम तत्त्वों से नितान्त भिन्न उसकी अपनी दृष्टि है सामान्य जीवन से ऊपर उठने की गहरी इच्छा। उसके माध्यम से युवा मन और सोच, मूल्य–परिवर्तन, सामाजिक चेतना चित्रित की गयी है। उसका विश्वास, रश्मि के माध्यम से लड़कियों से विवाह में नहीं। विवाह में बाधक बनने के लिए वह बेहद नाटकीय क्रियात्मक तरीके इस्तेमाल करता है। खरीद फरोख्त वाली शादी तो आदमी की शादी नहीं पशुओं की शादी हुई। 'जिस खूँटे में बाँध दिये गये, उसी में चारा–पानी करने लगे।' ऐसी परम्परा का वह बेबाकी से विरोध करता है। उसकी युवा सोच बार–बार गत्यात्मक ढंग से हमारे सामने आती है–"क्या हमारे अपने विचार नहीं हो सकते? क्यों बच्चों को गूँगा बनाया जाता है माँ! क्यों लड़कियों को गुलामी सिखायी जाती है?' उसको समझने वाले न पिता हैं न माँ। यह बात ही उसको भीतर तक चीर जाती है। 'मुझे झूठी प्रतिष्ठा का बोझ नहीं ढोना है। अगर आपकी बातों को अन्धा होकर नहीं मानता तो आपका पुत्र नहीं हो सकता–यह आज जान सका हूँ।... अच्छी तरह समझ गया तुम लोगों को मैं। बस ऊँची–ऊँची बातें बनाना आता है, किसी के मनोभाव की कोई आदर नहीं है तुम लोगों के पास।' अन्ततः उसका अधिकार–भाव, कर्त्तव्यशील मन और पुत्र की संवेदना जागृत होती है कि वह कहीं नहीं जायेगा। 'यहीं रहूँगा और वही करूँगा जो मेरा मन और बुद्धि ठीक समझेगी।...'यह मेरा घर है–मेरा भी इस पर अधिकार है। मैं इसी में रहूँगा और डटकर रहूँगा। लेखक सारे संघर्ष, विवाद के बाद सम्बन्धों, मानव–मन, परिवर्तन और रचनाशीलता को ही करता है। घिसी–पिटी परम्पराओं के साथ घिसटते चलना उसका युवा मन ही नहीं है। यह एकांकी को आज के युग और व्यापक अर्थ–सन्दर्भों के संकेत भी देता है।

'चिड़ियाखाना' दस–बारह पात्रों का दूसरा एकांकी है। एक पुराने रेस्तराँ में नौकर हैं और आने–जाने वाले पात्र, मन्ना, राजू, राजेश आदि हैं जो पुरानेपन, अन्दर के तनाव से मुक्ति पाने के लिए यहाँ आकर अपने भीतर को कुरेद–कुरेद कर देखते हैं। भीतर की उदासी से मुक्त होने की कोशिश और आगे चलकर अन्य पात्रों के आते–जाते रहने और बातचीत के स्वरों से यह रेस्तराँ इलाहाबाद के काफी हाउस के अनुभवों की भी याद दिलाता है जो मार्कण्डेय के जीवन का, गहरे अनुभवों का अन्तरंग हिस्सा था। चारों ओर के जीवन से अलग यह एक ऐसी जगह बनती है जहाँ सबके बीज खुलते हैं। इस रेस्तराँ में तरह–तरह की प्रवृत्तियों के लोग आते हैं, चाय पीते हैं। उनकी आपसी बातचीत में कोई महत्त्वपूर्ण सामाजिक, पारिवारिक सन्दर्भ नहीं आते–आ सकते थे। ज्यादातर मार्कण्डेय शब्दों में, कथोपकथनों में उलझकर रह गये हैं। कथोपकथन के प्रति एक खास तरह का लचीलापन तो है, हास्य–मनोरंजन के अवसर

भी हैं पर रोमांच क्षण नहीं है। लेखक को कहीं-न-कहीं अन्ततः एकांकी का उद्देश्य भी प्रतुत करना रहता है, वह जमाना भी वैसा था और साथ ही मार्कण्डेय की दृष्टि भी वही है। कभी-कभी किसी रचना में लक्ष्य सांकेतिक और अनायास होता है, नाटक विधा की डिमाण्ड भी वही है, योजनाबद्ध अन्त नहीं। इसीलिए शायद वह 'चिड़ियाखाना' है जिसमें तीन लड़कियाँ भी आती हैं, जो प्रेम, विवाह आदि समस्याओं पर बातचीत करती हैं।

इन दोनों एकांकियों की तुलना में 'अँधेरी झाँकी' एक जीवन्त एकांकी है शायद इसीलिए कि यह मार्कण्डेय के कथा-साहित्य का प्रिय विषय रहा है। गाँव से जुड़ा यह एकांकी सीधे वहाँ के टूटे-फूटे घर, अन्धकार, अकेलेपन और गाँव की समस्याओं से शुरू होता है। गरीबी, आर्थिक संकट जमींदार, पंचायत, झगड़ा-झंझट, ठाकुरों के अत्याचार, दमन, शोषण सब-कुछ इस एकांकी में है। सब प्रकार के शोषण का शिकार है जमुना। एकांकी के आरम्भ में ही जमुना के संवाद उसके संघर्ष को स्पष्ट कर देते हैं- ....'घर में तो तेल नहीं है, बाहर किससे माँगने जाऊँ? सारा मुआ गाँव तो खाने को दौड़ता है। यह ब्राह्मण ठाकुर तो जैसे भेड़िए हों, भेड़िए! कैसा टकर-टकर देखता है वह छोरा। बड़ा खेत वाला बना है, कहता था एक बार देखो तो रानी बना दूँगा। आओ न, झऊँस दूँ लुकाठी से तेरा मुँह!' सुन्दर, युवा जमुना पर सबकी निगाह है, गाँव के युवकों की, ठेकेदार की, माधो की औरसबकी भी। सबके ताने भी सुनती है। मैया जी और जमुना की लम्बी पर प्रभावी बातचीत में ही गाँव के पूरे दृश्य की परिकल्पना हो जाती है। भाग-दौड़, दहशतें, धोखाधड़ी, भय, मारपीट, खून खराबा, सब-कुछ एकांकी में भरा हुआ है। अनुभवी मैया जी जमुना के बार-बार पैर पकड़ने, रोने-धोने पर कहती हैं-'मुझे छोड़ो बहू। एक तो तितलौकी दूसरी चढ़ी नीम की डार पर।' ठाकुर लोग बड़े बिगड़ैल हैं। मैं तो कब से सुन रही हूँ कि 'कभी झगड़ा करके बंसिया कर घर-दुबार फूँक दो।' जाने क्या कर बैठे? इनके अत्याचार का कोई ठिकाना है।' वंशी अभी तक नहीं आया है। जमुना समझती है अच्छी तरह कि सारा गाँव उसके पति से जलता है। चारों ओर हलचल, बन्दूक, मशाल आदि का शोर देखकर मैया जी जमुना को खींचकर अपने साथ ले जाती है। चोट खाया हुआ वंशी जब लौटता है तो घर खाली और अँधेरा है-जमुना वहाँ नहीं है। अन्य पात्र गजाधर, मटरू, सोमारू सब एकांकी के गत्यात्मक पात्र हैं, सबकी बातचीत में गाँव की भाषा, माहौल का, निजी व्यवहार का रंग है। सब इसी तरह लड़ते-हुए चले जाते हैं और वंशी अकेला अँधेरे में कराहता रहता है। तभी एक स्त्री आती है। स्त्री का परेशान होकर वंशी का देखना और 'नहीं- अब नहीं' चीखते चिल्लाते अदृश्य हो जाना, अन्य एकांकियों की तुलना में ज्यादा सांकेतिक है और हृदय विदारक भी है, सार्थक भी और नाटक की नाटकीयता

के अनुकूल भी है। स्त्री शोषण को दिखाते हुए यह एकांकी सम्पूर्ण रूप में आज के मंचन के अनुकूल भी है। एकांकी के संक्षिप्त रूप में भी गाँव के सन्दर्भ, ग्रामीण परिवेश मूर्त होता है। इसमें उनके पात्रों, उनके संवादों की अदायगी और आंगिक क्रियाओं का भी महत्त्वपूर्ण योगदान है।

'मैं हारूँगा नहीं' एकांकी में मार्कण्डेय ने एक निम्न मध्यवर्गीय परिवार को आधार बनाया है। ज्यादातर उनके सम्पूर्ण साहित्य में ये दो चीजें ज्यादा मिलती हैं–एक देहाती जीवन, दूसरा निम्न–मध्यवर्गीय जीवन। 'मैं हारूँगा नहीं' में स्वयं मार्कण्डेय का निजी व्यक्तित्व है–स्वाभिमान और ठसक से भरा हुआ।' 'अग्निबीज' उपन्यास में भी जगह–जगह उनके व्यापक जीवन अनुभवों और घटनाओं की प्रच्छन्न छाया मिलती है। इस एकांकी में श्याम एक लेखक है और उसका परिवार है। श्याम की भावात्मकता, उसका आर्थिक संघर्ष और आत्म–संघर्ष दोनों एकांकी में प्रभावित करते हैं। रचनात्मक मूल्यों, सृजनात्मक ताकत और गहराई के साथ–साथ श्याम पत्नी रजनी, परिवार और बच्चों के लिए भी निरन्तर व्याकुल रहता है। श्याम और रजनी के विचारों में भी भारी विरोधाभास है। रजनी के संवाद, व्यवहार जगह–जगह हिला देने वाले हैं। '...सत्यानाश हो गयी सारी गृहस्थी। आखिर करते क्या रहे अब तक जो चावल–दाल के लिए भी नहीं लिख सके। क्या मर गये, सब सम्पादक? आग लग गयी अखबारवालों के घर में।' श्याम बेचैनी से बताता है कि कहीं कम्पनी के लिए सेठ जी मेरे नाटक न ले लें। कहता है 'न प्यार है न प्यार की बातें श्याम जी।' –'महीने भर से दौड़ रहा हूँ। पैर तो घिस गये उसकी देहरी के चक्कर काटते, पर पत्थर का देवता है आदमी नहीं। आर्थिक संघर्ष को उभारने वाले कई पात्र हैं–मुनीम, धोबी, जलेबीवाला, बच्चों में मुन्नी। पूरे एकांकी में मुख्य हैं श्याम और रजनी के संवाद और दृश्य। एक ओर श्याम के एक लेखक के रूप में अपने मूल्य, आत्मगौरव और संघर्ष, दूसरी ओर रजनी में एक स्त्री का रूप, उसका अभिमान और दर्द, बच्चे भूखे रहने की असह्य पीड़ा और कुछ न कर पाने का दर्द! श्याम लेखक की ईमानदारी, रचनात्मक मूल्य नहीं छोड़ सकता–'ज़रूर लिखूँगा रजनी! मैं ज़रूर लिखूँगा, पर वह सब नहीं कर सकता जो तुम चाहती हो।' रजनी की सारी पीड़ा, घृणा अपने इस जीवित शरीर से है। अपने स्त्री रूप से है, चार बच्चों की माँ के रूप से है–'कैसे छोड़ दूँ इसे, कैसे? जैसी हवा चली, वैसी ही बही मैं...आज अपने को ढूँढ़ने पर भी नहीं पाती....!' आर्थिक संघर्ष, बच्चों और श्याम की स्थिति देखकर रजनी चार लाइन लिखकर घर छोड़कर चली जाती है–'मुझे ढूँढ़ने की कोशिश मत करना। यह तुम्हारे लिए ठीक नहीं होगा' साथ में मुन्नी को फाइलबोर्ड पर पाँच रुपये मिलते हैं। यह श्याम को भीतर तक हिला देता है–"यही है मेरी अग्नि–परीक्षा का मूल्य, सिर्फ पाँच रुपये! (हँसता है) लेकिन मैं हारूँगा नहीं...(आवाज

ऊँची होती जाती है) मैं हारूँगा नहीं रजनी! तू सच्चाइयों से मुँह मोड़ सकती है पर समस्याएँ इतनी आसान नहीं हैं। उनका हल इतना सादा नहीं है...मैं, आत्मा को नहीं बेच सकता....नहीं बेच सकता–।' एक रचनाकार के जटिल आत्मसंघर्ष, एक स्त्री के जटिल संघर्ष को, मध्यवर्गीय परिवार के संघर्ष को, बच्चों की ममता को एक साथ इस एकांकी में मार्कण्डेय दिखाते हैं।

'दो पैसे का नमक' एकांकी गाँव के एक अलाव के दृश्य के साथ शुरू होता है। झोपड़ी, गली, दूर से बैलों की घण्टियों की टुनटुनाहट और उन्हें हाँकने–डाँटने की ध्वनियाँ, बूढ़ी के खाँसने के स्वर और दूर से बिरहा गाती आवाज एक पूरा माहौल बना देती है। दूर से बिरहा गाता कोई आता है–

पिया पिया कहत पियर भइल देहियाँ,
लोगवा कहेला पिण्ड रोग।
गउँवा के लोगवा मरमियाँ न जाने ले,
भइले गवनवाँ न मोर।'

मार्कण्डेय वैसे भी लोकगीत बहुत अच्छा गाते थे। उनके लोकगीत, गाने पर सब फिदा थे। 'हिरनियाँ की आँखों के अवसाद पर गीत गाते थे। संगीत से मार्कण्डेय कितना परिचित थे। यह उनके हर एकांकी से ध्वनित होता है। 'मैं हारूँगा नहीं' में भी वह रजनी की आन्तरिक पीड़ा और त्रासदी को पृष्ठभूमि से सितार पर आते राग–विराग की अवतारणा से ध्वनित करते हैं। उनके लोकगीत गाने के तो बहुत लोग दीवाने थे। ये सभी विशेषताएँ इन एकांकियों में उभरकर आयी हैं सत्य को खोजने के सबके तरीके अलग–अलग होते हैं। इस एकांकी में बिरहा गायन के बाद पहला ही संवाद है– बापू नमक नहीं है घर में। एकांकी में जमींदारी, मार–धाड़, गाली–गलौज, खून–खराबा, गरीबी सब है। रतन और मरजाद की बेटी बिट्टन में प्यार है। जमींदार के लड़के बैजू ने इसीलिए रतन पर लाठी चला दी गाँव के मुखिया द्वारा बेटी की इज्जत–आबरू रखने, लड़ाई न करने के निर्देश और अन्त में घायल मरजाद का 'दो पैसे का नून ले आया हूँ...नून, बिट्टन, पूरी रचना को नये अर्थ–संकेत देता चलता है। मुखिया का यह वाक्य भी नये अर्थ देता है–"देखो, मरजाद के खून ने तुम्हारे रास्ते के काँटे बटोर दिये।" छोटी–से–छोटी बात और परिवर्तन को पकड़ने की कोशिश रचनाकार में है।

'डंका बुआ' और 'रसोईघर' एकांकी में स्त्री जीवन की विडम्बनाएँ व्यक्त होती है। 'डंका बुआ' में जहाँ हास्य का पुट है वहीं रसोईघर में गम्भीर स्त्री विमर्श का पूर्व रूप परिलक्षित होता है। यह एकांकी स्त्री शिक्षा और स्वतंत्रता की हिमायत रसोईघर के बर्तनों के रूपक में करती है।

'अन्तिम एकांकी 'रूपक' में नायक गिरधर नाटककार है। पढ़ना-लिखना, सूची-पत्र, किताबें यही सब उसके आस-पास हैं। मुख्य है उसका बहुरूपिया रूप, अजीबोगरीब पहनावा, हास्य, मजाक और बुद्धि का अभाव अर्थात्, विचित्र-सा चरित्र रचा गया है। पत्नी सरो, मित्र जयन्त के साथ ही एकांकी रच जाता है। नाटककार का आर्थिक पक्ष और जीवन की विसंगतियाँ यहाँ भी हैं। गिरधर कहता है-"यह तो कहो मेरे-जैसा तेज़ आदमी था कि जम गया वरना ठहरने देते हैं किसी को ये हिन्दी के लेखक-प्रकाशक।' पत्नी सरो तेज है। कोर्स में लगाने वाले नाटक की वसूली ज्यादा है यह गिरधर समझता है। जयन्त के साथ तुरन्त बात बदलते हुए बोलना उसकी आदत है, मजबूरी भी-'सरो तो खूब जानती है दुनिया को। हिन्दी के जितने भी छोटे-बड़े लेखक हैं, सबका कच्चा-चिट्ठा है उसके पास।' गिरधर का बहुरूपिया रूप बार-बार जयन्त और सरो के सामने आता है। जयन्त और सरो भी उसी प्रकार बदलते रहते हैं। जयन्त कहता है-"आपने सरो जी को खूब बेवकूफ बनाया। मुझे तो पहले पता ही नहीं लगा कि यह क्या रूपक है ही' अन्ततः वह गिरधर की एक्टिंग समझता हुआ चला जाता है। नाटक को रूपक कहा भी जाता है। प्रायः जरूरी नहीं होता कि एकांकी के शीर्षक या लक्ष्य को लेखक स्पष्ट करे, मार्कण्डेय अधिकतर करते हैं। सब मिलाकर इस एकांकी की रोचकता, हास्य, मजाक, नाटकीयता, एक नाटककार के जीवन में उठनेवाली स्थितियाँ ध्यान आकृष्ट करती हैं।

निश्चय ही मार्कण्डेय के इन एकांकियों के निजी रंग-ढंग हैं और अपनी संरचना में उस दौर में ये भिन्न प्रकार के एकांकी हैं जिनमें मुख्य ध्यान इस ओर जाता है कि किसान के घर में जन्में मार्कण्डेय जो एकांकी लिखते हैं, उनमें भी अधिकतर को वह गाँव की ओर ही ले जाते हैं-अपने कथ्य और चरित्रों में ही नहीं, अपनी भाषा और संरचना में भी ले जाते हैं। वह स्वयं गाँव से बहुत प्यार करते है। लोकभाषा भी उनके एकांकियों में अपने, निजी मुहावरों और अदायगी और लय के साथ आती है। इस प्रकार अपने कथ्य, शिल्प और भाषा में इन एकांकियों का एक विशिष्ट स्थान है।

मार्कण्डेय ने १९५६ ई. में पत्थर और परछाइयाँ 'नया साहित्य' प्रकाशन से खुद ही प्रकाशित किया था। उसमें कुल छह एकांकियाँ रखी गयी थी। अब इसमें दो नये एकांकी 'डंका बुआ' और 'रसोईघर' जोड़ दिये गये हैं। इस तरह इस संग्रह में कुल आठ एकांकियाँ दी जा रही हैं।

उम्मीद है कि पाठकों को यह एकांकी संग्रह अपने अलग अन्तर्वस्तु और भाषा शैली के साथ छाप छोड़ने में सफल होगा।

गिरीश रस्तोगी

प्रथम संस्करण की भूमिका

प्राय: किसी विशेष स्थिति अथवा घटना के कथोपकथन बुनने या किसी वास्तविक, आकर्षक वार्तालाप को नोट कर लेने में मेरी रुचि है। कहानियों का माध्यम, मुझे इन्हीं कथोपकथनों द्वारा प्राप्त हुआ। मुझे प्राय: वही कहानियाँ प्रिय लगती हैं, जिनमें वातावरण, स्थितियों, घटनाओं तथा मानवीय स्वभाव का सानुपातिक एवं स्वभाव-समन्वित विवरण मिलता है। कथा में रंग भरने की, स्वभाव की परतें खोलने की तथा मानव-मन में तनिक और गहराई तक जाने की छूट है, लेकिन नाटक के साथ सीमाएँ हैं। वार्तालाप और पात्र-संकेतों के पीछे, कथानक किसी और के बताने की अपेक्षा रखता है, जिसे हम मंच पर नैरेटर को घुसेड़ कर नहीं कर सकते। दूसरे, वैयक्तिक जीवन सत्यों को जहाँ एक ओर साधारणीकरण के लिए क्लिष्ट माना जाता है, वहीं नाटक में व्यापक साधारणीकरण के सत्य को भुलाया भी नहीं जा सकता, क्योंकि नाटक कमरे में बैठ कर पढ़ने और मनन करने के लिए नहीं लिखा जाता। संभवत: इसीलिए बहुश्रुत घटनाओं एवं चरित्रों को नाटक के लिए उपयोगी समझा जाता है।

इन्ही विचारों के साथ, कथोपकथन लिखते-लिखाते ये नाटक बन गये थे। हमें नाटकों की क्या समझ, जब मंच हमारे लिए अब भी एक स्वप्न है। रही बात रेडियो नाटकों की, तो उनके लिए कान में तेल डाल लेना ही उचित है! जीवन का सम्पर्क तथा व्यापक रूप से फलीभूत होने वाले

जीवित सत्य वहाँ वर्जित हैं। करोड़ों लोगों के कुसंस्कार, अंधविश्वास और अशिक्षा का उद्‌घाटन वहाँ मना है। दुख से हार्ट फेल होने अथवा नींद उड़ जाने का डर है। बस, कँहरती हुई आवाज़ और लम्बी-लम्बी साँसे चाहिए और कोई चुभता हुआ शीर्षक जो महीनों पहले घोषणा के लिए ले लिया गया हो।

दूसरी ओर हिन्दी प्रचारक नेताओं को सुशिक्षित लड़कियाँ तितलियों सरीखी दिखती हैं, तो मंच पर अपनी बालाओं को देख कर उनका क्या हाल होगा! भारतीय संस्कृति की लुटिया डुबोने का काम वे क्यों करने लगे! ऐसी स्थिति में मंच के सम्बन्ध में हमारी अज्ञता सर्वविदित है। इन नाटकों में बहुत कमियाँ होंगी। हम उनके लिए आप से सुझाव और सम्मति की आशा करेंगे।

जुलाई, १९५६ **मार्कण्डेय**

पत्थर और परछाइयाँ

पात्र

रामावतार बाबू

रश्मि

सरूपा

अजित

गड़बड़ सिंह

मुसई पंडित

समय

शाम सात बजे

स्थान

रामावतार बाबू का चबूतरा

[रामावतार बाबू किसी दफ्तर में क्लर्क हैं। खासी अच्छी नौकरी है उनकी। डेढ़ सौ के करीब उनका वेतन है। परिवार के साथ घोर देहात से उठ कर आये हैं, इसलिए इसी डेढ़ सौ को डेढ़ हजार के बराबर समझते हैं। बड़ी कोशिश में रहते हैं कि लोग उनके रहन-सहन और प्रतिष्ठा को समादर दें। उनका ख़याल है कि उनकी जवार में उन-सा लायक कोई नहीं है। इसी इज़्ज़त के कारण बीस वर्ष की नौकरी करने पर भी प्रावीडेन्ट फन्ड तक खा चुके हैं, ऊपर से एकाध हज़ार का कर्ज़ चढ़ा हुआ है। बिगड़े हुए किसान की पटुता, सतर्कता और लोगों को खुश रखने का गुण उनमें कूट-कूट कर भरा है। उनकी पत्नी सरूपा, खाने-खिलाने वाली और दिलेर हैं। बिना तरकारी के कौर नहीं उठातीं। मौके-बे-मौके गोश्त-मछली ज़रूर आनी चाहिए। धोती-कपड़े का अब भी बड़ा ख़याल रखती हैं। बचपन में शादी होने के कारण पहला बेटा अजित पच्चीस वर्ष का हो रहा है, जिसने एक वर्ष पहले एम०ए० पास कर लिया है, इस बात का घमंड है रामावतार बाबू को। समय पाते ही अपनी रामकहानी कहना और लड़के के महत्त्व पर भाषण देना उनका स्वभाव है। पर लड़का बहुत चुप रहने वाला, मेधावी किन्तु ज़िद्दी और ज़िन्दगी की उधेड़-बुन में गहरे पैठ कर बड़े पैमाने पर सोच-विचार करने वाला है। किसान के काइयेंपन और शहर की बनावट से उसका कोई सरोकार नहीं है। वह इन दोनों से अलग ढंग से सोचता है। साधारण जीवन के साथ ही उठना चाहता है।

रश्मि उनकी दुलारी बेटी है, जो पिता का प्रतिरूप है माँ की उदारता से कोई मतलब नहीं, पर पिता की झूठी प्रतिष्ठा के झूले में हमेशा झूलती रहती है।

पर्दा उठने पर एक साधारण मकान का दरवाज़ा दिखाई पड़ता है। उसी से दो-तीन गज़ दूर एक खिड़की, जिसमें लोहे के छड़ लगे हुए हैं। इसी खिड़की के सामने एक लोहे की कुर्सी और एक मचिया रखी हुई है।

रामावतार बाबू; उम्र करीब पैंतालीस के होगी, गाल पिचके और दाढ़ी बढ़ी हुई, आँखों पर मोटे शीशे का चश्मा, आधी बाँह की बनियाइन, जिसमें कई छेद काफी बड़े-बड़े हैं, बड़ी तन्मयता से अख़बार पढ़ते दिखाई पड़ते हैं। रह-रह कर वे आँखें सिकोड़ते हैं, फिर अख़बार कुछ दूर कर के पढ़ते हैं।

मकान की दीवार पर सीमेन्ट नहीं किया गया है, ईंटों की दरारें साफ़ दिखाई पड़ रही हैं। शाम के करीब सात बजे का समय है। रोशनी कुछ धुँधली पड़ रही है। तभी रश्मि एक हाथ में बाँस की तिपाई और दूसरे हाथ में चाय का प्याला लिये प्रवेश करती है।]

रश्मि : (तिपाई रख कर, धोती का पल्ला सँभालते हुए) पिता जी, चाय! (चाय रखती है)

रामावतार : (अख़बार से निगाह हटा कर) ठीक है, ठीक है बेटी... जाओ...! ओ हाँ...सुनो तो...एक गिलास पानी भी दे जाना (चश्मा उतार कर तिपाई पर रखते हैं। तिपाई को पास खींच कर चाय की चीनी मिलाते हैं।)

रश्मि : यह रहा पानी पिता जी... और कोई काम...

रामावतार : नहीं बेटा... नहीं तुम जाओ...

सरूपा : (खिड़की से झाँक कर) सुनते हो जी!

(रामावतार हाथ में प्याला लिए इधर-उधर देखते हैं)

सरूपा : अरे, तुम्हीं से कह रही हूँ, जैसे बहरे हो गये।
[दरवाज़े पर आ जाती है]

रामावतार : अरे तुम हो, मैं तो अचम्भे में पड़ गया कि सड़क...

सरूपा : हाँ, मैं गली-गली में फिर जो रही हूँ। बात बनाना तो कोई तुम से सीखे।

रामावतार : बात नहीं रश्मि की माँ, मैंने सोचा...

सरूपा : अच्छा, यह सोच-समझ रहने दो। भला यह बताओ कि साग-भाजी भी कुछ आएगी या तुम लोग बस बात ही बनाना जानते हो!

रामावतार : (चिढ़ कर) फिर वही 'तुम लोग'। अरे मैंने कहा कि यह 'लोग' बार-बार तुम्हारी ज़बान पर क्यों आ जाता है?

सरूपा : इसलिए कि वह घर में है, सयाना है, अपना है।

रामावतार : (व्यंग्य से) अपना है! (कमर पर हाथ रख कर उठ खड़े होते हैं) न लिहाज़, न शरम...अपना है, खाक अपना है। हुए थे पैदा कभी ऐसे लड़के इस परिवार में? हूँ : ...हम लोग भी लड़के थे, पर माँ-बाप ने जहाँ बैठाया वहाँ बैठे और जहाँ उठाया वहाँ उठे। उसी का प्रताप है कि आज...

सरूपा : लाट हो गये हो।

रामावतार : नहीं लाट हो गया तो क्या हुआ, पर इज्ज़त-बात तो बनी है। दो आदमी जानते-बूझते तो हैं। आखिर खानदान की लाज भी तो कोई चीज़ है।

सरूपा : (चिढ़ कर) तो कहां वह मिटाये जा रहा है तुम्हारी इज्जत?

रामावतार : अब और कैसे मिटाएगा जी। (सरूपा के पास जा कर हाथ से इशारा करते हैं) सौ आदमी तो रोज़ पूछते हैं कि रामावतार बाबू, आपका बच्चा क्या कर रहा है? क्या कहूँ उनसे? (सरूपा की ओर देखते हैं। सरूपा कोई उत्तर नहीं देती।) कह दूँ कि खाक छान रहा है, बोलती क्यों नहीं? लोग कहते हैं, चानी गला दी रामावतार बाबू ने, कोई क्या पढ़ाएगा लड़के को, और यह ठीक भी है। कौन पढ़ा रहा अपने तौहद में इतना! बलराम सिंह बनते तो हैं इतने नामी-गरामी पर नानी मर गयी बी०ए० कराते-कराते। यह तो कुल-परिवार का धरम है, जो किसी काम में हाथ नहीं

रुकता। (कमर पर हाथ रख कर सीधा होने की कोशिश करते हैं, और फिर लोहे की कुर्सी के पास चले जाते हैं।) मुझे क्या...कोई अमर हो कर तो पैदा नहीं...हुआ हूँ। फिर जिसकी जो इच्छा होगी, करेगा। बाप का धरम था, सो कर दिया।

सरूपा : फिर उसका गाना क्या! कर दिया तो कर दिया, अब ढोल बाँधकर पीटो न सारे शहर में। एम०ए० क्या पढ़ा दिया तीर मार दिया...बरतन माँजने वाली औरतों ने इसी मुहल्ले में अपनी लड़कियों को बी०ए० पास करा दिया है!

रामावतार : तुम्हारी अकल पर तो पत्थर पड़ गया है, कहाँ की बात कहाँ ले जाती हो) मैं कहता हूं कि वह नौकरी ही करे, पर रहन-सहन का एक ढंग तो होता है। न शादी, न ब्याह, न ठिकाने के लोगों के साथ उठना-बैठना, न ढंग की बात-चीत, न बड़ों का आदर-सम्मान। क्या यही पढ़ाई-लिखाई का मतलब है।

सरूपा : तो निकाल न दो घर से उसे, रोज़-रोज़ क्यों करेजा खाते हो मेरा!

रामावतार : मैं क्यों निकालूँ, यह तो स्वयं ही एक दिन निकल जाएगा। यह घर में ठहरने के लक्षण तो है नहीं। आज न सही, कल रश्मि की माँ, मैं उड़ती चिड़िया के पर पहचानता हूँ,। ऐसा न होता तो दसवाँ पास हूँ, दसवाँ और वह भी लकड़ी-नून घर से ढो कर ले जाता था। लौटते समय खोपड़ी साफ कराकर घर आता था। धोती घुटने के नीचे हुई नहीं कि बापू के जूते गिरे सिर पर। वही सब पुण्य आशीर्वाद है कि शहर में पाँव थम गये। एम०ए० तो पास करा दिया। कर क्यों नहीं लेते सौ रुपये महीने की नौकरी एक, देखूँ तो!

सरूपा : तो करो न कुछ उसके लिए भी। कोई दुश्मन तो नहीं है, वह। (झुंझला कर आगे बढ़ती है और प्लेट-प्याला उठाने लगती है, पर प्याला हाथ से गिर कर फट जाता है।)

रामावतार : (एकाएक चिढ़ कर) यही तो तहजीब है। हर महीने बरतन आते हैं और हर महीने साफ़। जी में आता है ला कर रख दूँ

लोहे के बरतन। आदमी को घर में पीढ़ियाँ बीत जाती हैं, एक बरतन इस्तेमाल करते, पर तुम लोगों के मारे तो नाक में दम है। हमारे पिता जी के पास एक लोटा था...

सरूपा : वह तुम्हारे पास भी रहा, यही कहना चाहते हो न।

रामावतार : हाँ, हाँ यही कहना चाहता हूँ। कोई चोरी...

[शाम कुछ और गाढ़ी हो जाती है, मंच पर हल्का अंधेरा हो जाता है। रश्मि लालटेन जला कर लाती है और खिड़की पर रख कर बाहर झाँकती है।]

रश्मि : (खिड़की से) बाहर नंगे बदन खड़े हैं पिता जी। अरे कुछ सर्दी-गर्मी का ध्यान कर लिया कीजिए!

सरूपा : अरे शिक्षा बंद कर के कुर्ता-छड़ी ला दे!

रामावतार : इसमें बिगड़ने की क्या बात हो गयी। घर में यही तो एक बज्जी है, जिसमें कुल परिवार के संस्कार बचे है। मेरी भी एक ऐसी ही बहिन थी।

सरूपा : वह आपके पिता जी की बड़ी सेवा करती थी, बड़ी लायक थी, बड़ी दिलेर थी, सब जानती हूँ, पर यह तो बताइए कि सब्जी लेने जाना है या नहीं?

रामावतार : अरे हाँ, मैं तो भूल ही गया था।

[इधर-उधर घूमने लगते हैं, रश्मि कुर्ता-छड़ी ले कर आती है।]

रामावतार: : (कुर्ता छड़ी लेते हुए) ठीक है बेटा, ठीक है...लेकिन मेरा बटुआ होगा वहीं कहीं...(इधर-उधर घूमते हैं) अरे रश्मी! रश्मी...

रश्मि : (लौटती हुई) जी पिता जी!

रामावतार : वह मेरी सुँघनी की शीशी ला देना।

[रश्मि अंदर जाती है]

: (कुर्ता पहनते हुए सरूपा के पास जा कर) मैंने ठीक किया न रश्मि की माँ! सयानी हो गयी है बेटी। बहुत पढ़ाना-लिखाना...

सरूपा : हाँ हाँ, बिलकुल ठीक किया है, अपनी शक्ति-भर बहुत पढ़ा दिया। अब ब्याह-शादी की भी चिन्ता करो।

रामावतार : यही तो मैं भी सोचता हूँ। कहाँ है अपने देहात में इतनी पढ़ी-लिखी लड़कियाँ! इन्टर तक लड़की को पढ़ा देना कोई मामूली बात है रश्मि की माँ! बड़े-बड़े दाँतों तले उँगली दबाते हैं। जगन्नाथ बाबू तो सराहते थकते नहीं बिटिया को। (और पास जा कर) देखो, मैं तुमसे बार-बार यही तो कहता हूँ कि भाई इज़्ज़त-बात बनाये रहने से बनती है। कोई क्या जानता है कि रामावतार सिंह के घर में क्या खाया जाता है। मैं जब कभी गया उनके यहाँ दो-चार रुपये नौकरों को दे दिये। बस बाहर-भीतर झंडा गड़ गया। (इधर-उधर देख कर) यही समझाता हूँ तुम्हारे लाल को...पर कोई जीवन बदल सकता है किसी का? जिसे मारा-मारा फिरना लिखा है...(इधर-उधर चक्कर लगाते हैं। फिर कमर सीधी करते हुए।) वह कुछ नहीं कर सकता रश्मि की माँ! कुछ भी नही!

[रश्मि छाता और सुँघनी की शीशी ले कर आती है।]

रश्मि : सुँघनी खत्म हो गयी थी पिता जी! मैंने बना कर भर दी है।

रामावतार : (शीशी खोलते हुए) अच्छा बेटा!

[चुटकी से सुँघनी निकाल कर सूँघते हैं और ऊपर सिर कर के दो छींक लेते हैं। इसी समय एक ओर से अजित सफ़ेद कुर्ता, पायजामा और एक साधारण-सी जाकिट पहिने प्रवेश करता है। अपने पिता जी की हर छींक पर रुकता है, फिर अंदर की ओर बढ़ता है। रामावतार उसे देखते हैं और मुँह फेर कर बाहर जाते-जाते फिर एक बार उसे देखते हैं और एक छींक लेते हुए बाहर चले जाते हैं।]

रश्मि : (अजित को देख कर हँसते हुए) भइया! भइया! पिता जी तुम्हारी ही बात कर रहे थे।

सरूपा : (डाँटते हुए) रश्मी, चूल्हे पर दाल चढ़ा रक्खी है।

अजित : (रश्मि की पीठ थपथपाते हुए) कभी-कभी बात भी पक जाने दिया कर माँ, वर्ना कहीं जल गयी तो!

सरूपा : पागल कहीं के, अरे बात भी कभी पकती हैं!

अजित : (रश्मि को छोड़ कर माँ के गले लिपट जाता है) क्या कहती माँ! अरे तुम बात का पकना भी नहीं जानतीं। पूछ देखो न, पिता जी से एक दिन। (गम्भीर हो कर सिर हिलाते हुए) जैसे खिचड़ी पकती है न चूल्हे पर...बुद्...बुद्, उसी तरह माँ! (हँसता है) पिता जी तो सब जानते हैं।

सरूपा : (अजित को दूर करते हुए) चल हट तो बात बना। डपोर तो हो गया है पर आदत न छूटी। न आव देखे न ताव, बस आँचल में मुँह डाल देगा। ब्याह-शादी हुई होती तो...

[अजित गले में हाथ डाल कर माँ के चारों ओर घूमने लगता है, 'कितनी अच्छी माँ हैं मेरी..., कितनी अच्छी...प्यारी... प्यारी...' गाता है और घूमता है।]

सरूपा : अरे, गिर पड़ूँगी रे!

अजित : गिर पड़ोगी! (रुक जाता है) अच्छा, तो यह ले रामायण की पोथी। लेकिन देख, कहीं इस पर भी चंदन छिड़क-छिड़क कर सड़ा न डालना। वर्ना राम जी बड़े नाराज़ होंगे। जानती है, आज जब मुझे कहानी के रुपये मिले, तो सोचा चलो सिगरेट का खर्च चला, पर तेरे रामचन्द्र जी से फ़ुरसत नहीं। मेरे मन को थोड़ा भावुक बनाया उन्होंने, फिर कान पकड़ कर किताब की दूकान पर ले गये, क्या बुरा होता जो एक गुटका ले लेता! पर कहा, नहीं, यहीं पंद्रह रुपये वाली... यही...और जेब कतर ली उन्होंने। अरे यह तो तेरा काम था, वर्ना मुझ जैसे प्राणी से कहाँ मिलते हैं!

सरूपा : (पुस्तक खोलती है) बहुत अच्छी है...

अजित : हाँ...हाँ, बड़ी अच्छी तो है, पर उस पिता जी वाली का जोड़ कहाँ! बस हर पेज़ पर दस ग़लतियाँ हैं माँ...लेकिन इसमें क्या, घी का लड्डू टेढ़ा भी भला!

सरूपा : और क्या बेटा! उल्टा नाम जपत जग जाना।

अजित : यह तो ठीक है, पर इतना ध्यान रहे कि पिता जी को कानों-कान खबर न हो।

सरूपा : क्यों खबर न हो? तुम नहीं जानते, उन्हें कितनी खुशी होगी?

अजित : बस, बस, यही तो खतरा है माँ! खुशी के उपलक्ष्य में जो भाषण होगा, उसका अंजाम मैं नहीं भुगतता, उसे तो तुम्हीं जानो। (अपने कान पकड़ लेता है)

सरूपा : यही तो कहती हूँ कि तुम्हें किसी का लिहाज़ नहीं रह गया है। न कुछ सोचोगे न विचारोगे, बस बकते चले जाओगे। माँ-बाप के लिए यही सब कहना सिखाया गया है स्कूल में क्या? (अप्रसन्न हो जाती है)

अजित : बस माँ, इतने में ही नाराज़ हो गयी...! (माँ से लिपटने की कोशिश करता है) अरे रश्मी! कहाँ चली गयी पगली, चिल्लाने पर सुनती ही नहीं, और तुम कहती हो शादी कर दो, ब्याह कर दो। (सहसा गम्भीर हो कर) लेकिन अम्मा! इतनी नन्हीं-सी बज्जी का ब्याह करने से तुम्हें पाप लगेगा।

सरूपा : पाप!

अजित : हाँ, पाप माँ (विस्मय का भाव जताते हुए) नहीं जानती माँ, ईश्वर के रजिस्टर में सब का घर-द्वार नोट रहता है और वह तो अंतर्यामी है ही। यदि उसने जान लिया कि तुमने लड़की की पढ़ाई से केवल इसलिए जी चुराया कि तुम रुपये बचाना चाहती थी तो...

सरूपा : तो क्या होगा?

अजित : तो क्या होगा! बस राम जी नाराज़ हो जाएँगे। शहर में देखती नहीं, लोग लड़कों से ज्यादा लड़कियों के पढ़ाने का ध्यान रखते हैं।

[रश्मि आ कर माँ के पीछे खड़ी हो जाती है और अजित को देख कर मुँह पर हाथ रख कर हँसती रहती है। अजित उसे आँख दबाकर इशारा करता है और बात करता है।]

सरूपा : तो...

अजित : बस यमराज के रजिस्टर में नाम नोट हो जाएगा!

सरूपा : सच कहता है बेटा?

अजित : बस रहने दे माँ...मैं नहीं बोलता तुम से। अब तुम भी पिता जी की तरह मुझे झूठा समझने लगी हो। बस हो गया आज से...जान लिया मैंने। (घूम कर दूसरी ओर मुँह कर लेता है।)

सरूपा : नहीं बेटा, अरे सुनो तो! (उसे अपनी ओर मोड़ने की चेष्टा करती है।)

अजित : नहीं, नहीं, अब बहुत हो गया...देख लिया मैंने तुम लोगों को। अब मेरा कोई इस दुनिया में नहीं है।

सरूपा : ऐसा नहीं कहते बेटे! देखो, मेरी ओर देखो!

[अजित माँ की ओर घूमता है और आँखों से रश्मि को भाग जाने का इशारा करता है।]

अजित : देखूँ क्या माँ, अब मैं घर छोड़ कर चला ही जाऊँगा। बस एक रश्मि बची है यहाँ। वह भी क्या है, इतना बुलाया और सुनती भी नहीं...रश्मी! अरे ओ रश्मी!...देखो माँ! (नाक से सूँघने का अभिनय करता है) जल गयी दाल चूल्हे पर...दौड़ो माँ, वर्ना खाना भी गया।

[माँ रसोईघर की ओर दौड़ती है और उधर से रश्मि भी दौड़ी आती है। दोनों सामने के दरवाज़े में टकरा जाती हैं।]

अजित : बन गया, वाह री रश्मी, वाह! रास्ता भी देख कर नहीं चलती है। (दौड़ कर माँ को उठाता है) अभी यह हाल है माँ! एम०ए० पास करते-करते तो दीवारें तोड़कर चलने लगेगी। कहाँ चोट लगी माँ?

[रश्मि हाथ जोड़ कर मिन्नत करती है और अजित धमकाने के स्वर में सिर हिलाता है।]

सरूपा : जान ले ली बेटे इसने...बाप रे! (पैर थाम लेती है)

अजित : अन्दर चल माँ, मैं तेल लगा देता हूँ और हाँ रश्मि! यह स्टूल बग़ैरह अन्दर कर के ज़रा फाटक तो बंद कर लेना। भूलना नहीं।

सरूपा : उसका कोई भरोसा थोड़े ही है बेटे!

अजित : अभी कल की तो जन्मी है माँ...आखिर तो बज्जी...चल माँ, तू चल!

[माँ को ले कर अन्दर जाता है। रश्मि दरवाज़ा बन्द कर के जैसे ही खिड़की से लालटेन उठाती है, दो व्यक्ति बड़ी-बड़ी मूँछ रखाए, साफा बाँधे मंच पर आते हैं और दूर ही से आवाज़ देते हैं।]

आगंतुक : अरे रामावतार बाबू का मकान यही है क्या भाई...कोई है...रामावतार बाबू। अरे रामावतार बाबू!

[रश्मि खिड़की से झाँक कर देखती है। सहसा अजित की ओर कहती हुई भागती है।]

रश्मि : अरे, ओ भैया...भैया...देखो आ गये तुम्हारे...

[अजित दौड़ा हुआ आता है और खिड़की से झाँकता है, रश्मि साथ में है। उसकी ओर देखते हुए।]

अजित : हँसना है तो भाग जाओ, वर्ना खड़ी रहो।

[धीरे से दरवाज़ा खोलता है। अजित आगंतुकों की ओर एकटक देखते-देखते...हें-हें...हें-हें...कर के, रुक रूक कर हँसता है और पागलों की तरह अभिनय करता है।]

आगंतुक 1 : रामावतार बाबू का मकान...

[अजित कान पर हाथ रख कर और ज़ोर से बोलने को कहता है।]

आगंतुक 1 : (जोर से) रामावतार बाबू का मकान यही है?

अजित : (सिर हिला कर हँसता है और मकान की ओर इशारा करके कहता है।) यही है...यही है, पर बिकाऊ नहीं है।

आगंतुक 2 : और आप उनके...(अजित ज़ोर से बोलने का इशारा करता है।) आप उनके बेटे हैं क्या?

अजित : (शरमाते हुए) जी हाँ...जी हाँ...मेरी शादी नहीं हुई है।

[रश्मि पीछे खड़ी मुस्कराती रहती है। सरूपा आती है। खिड़की से झाँक कर देखती है और दबी आवाज़ में चिढ़ कर पुकारती है।]

सरूपा : रश्मी! अरी ओ रश्मी! क्या मर रही है वहाँ खड़ी-खड़ी निगोड़ी, लाज-हया धो कर पी गयी...रश्मी!

(रश्मि दौड़ी हुई आती है)

: अरे अजित के ब्याह वाले हैं पगली! कुर्सी ले जा कर डाल दे...बत्ती बाहर रख दे। हाय राम, मैं क्या करूँ। वे भी तो चले गये...कुछ नाश्ता-पानी...

(रश्मि स्टूल निकालती है)

अजित : बैठ जाइए! इसी पर बैठ जाइए! पिता जी ने कहा है बेचने को...हें हें हें...ज़रूर बेचेंगे...मैं तो जानता था घर रहने के लिए बनाया है।

[दोनों आगंतुक एक दूसरे को देखते हैं और आँखों ही आँखों में कुछ बातें होती हैं।]

आगंतुक 1 : हम जाना चाहते हैं, कुछ काम है शहर में, फिर आ जाएँगे।

अजित : (झटके से सिर हिलाते हुए) हाँ...हाँ...आते ही होंगे... बस आ ही रहे हैं, जो होना हो, अभी हो जाए। (रश्मि लालटेन ला कर बाहर रख देती है) खरीद-फ़रोख्त में देरी नहीं होनी चाहिए...हें हें... हें हें...(हँसता है)

आगंतुक 2 : मकान नहीं लेना है हमको।

अजित : सामान नहीं लेना है, तो ठीक है, वह तो सब कबाड़े का है। मकान ही लीजिए। मकान ही ठीक रहेगा।

रश्मि : (जोर से) भैया, माँ बुला रही है। (आगंतुकों से) आप लोगों के लिए चाय ले आऊँ?

आगंतुक 1 : चाय! (दूसरे की ओर देखता है) रहने दो बेटी, अब हम चलेंगे।

अजित : (कभी रश्मि, कभी आगंतुकों के मुँह की ओर देखता है। सहसा हँसने लगता है।) सामान नहीं लेना है इनको रश्मी! सिर्फ मकान। (सिर हिलाता है)

रश्मि : (हँसी रोकते हुए अजित के कान में पास मुँह ले जा कर) तुम्हें माँ बुला रही है।

अजित : माँ! माँ क्या कह रही हैं?

रश्मि : तुम्हें बुला रही है। इन लोगों के लिए कुछ चाय-वाय लाओ, चलो!

आगंतुक 1 : रहने दो बेटी।

रश्मि : देखिए, क्षमा कीजिए इनकी बातों का खयाल न कीजिएगा। कुछ...(कान और सिर पर उँगली घुमा कर दोनों की ख़राबी की सूचना देती है।)

आगंतुक 1 : अच्छा तभी।

रश्मि : जी...कुछ...जी।

[अजित दोनों का मुँह देखता है। रश्मि मुँह पर हाथ रख हँसी रोकती है, तभी रामावतार बाबू सुँघनी सूँघ कर सामने से छींकते हुए प्रवेश करते हैं। रुक कर आगंतुकों को देखते हैं, फिर सहसा तेज़ी से बढ़ कर।]

रामावतार : अरे...बाबू गड़बड़ सिंह...वाह भाई, वाह...पंडित मुसई महाराज! पावलागन भाई, पावलागन!

[जल्दी से छाता-झोला जमीन पर रख कर एक बार कुर्ते पर निगाह दौड़ाते हैं। अजित धीरे से खिसक जाता है।]

रामावतार : क्या खड़ी-खड़ी मुँह देख रही है बेटी। यह झोला ले जा, अंदर। अपनी माँ से कहो, डूगरपुर के गड़बड़ सिंह आये हैं, कुछ नाश्ता-पानी का इन्तजाम करें।

रश्मि : वह तो तैयार हो गया है, लेकिन ठाकुर साहब कहते हैं...

रामावतार : लेकिन-वेकिन कुछ नहीं, तुम तैयार तो करो। (मुसई पण्डित से) बड़ी परेशानी है पण्डित जी, किया क्या जाए! घर में लड़का क्या सयाना है, चाचर मच गयी है, जिसे देखिए पहुँचा रहता है। और तो और, भाई यह छपरा-बलिया वाले आ कर दस हज़ार, बारह हज़ार लगा जाते हैं, पर हमें तो रुपये का लालच है नहीं। रिश्ता अच्छा हो, लड़की वाले भले हों, यही क्या कम है और मिलने वाली बात तो...

मुसई पं० : (हथेली पर सुरती मलते हुए) वह तो पूरी होती ही है भाई। अपनी शक्ति-भर कोई चूकता है।

रामावतार : (कनखियों से गड़बड़ सिंह को देखते हुए) जी हाँ.. जी हाँ, पण्डित जी! पर समय भी तो बड़ा खराब लग गया है। लोग सोचते हैं, दंद-फंद से किसी तरह कन्या को सुआदमी के घर डाल देना पुण्य ही है।

[रश्मि आ कर बीच में एक स्टूल रखती है। फिर चाय के प्याले, कुछ खाने का सामान भी ला कर वहीं रख देती है।]

रामावतार : लीजिए, लीजिए ठाकुर साहब! देखा न आपने, यह आप ही की कन्या है। इस साल इन्टर कर लेगी। सोचता हूँ, अब इसका भी कहीं ठिकाना करना होगा। वर अच्छा हो, और फिर लड़का बहुत पढ़ा-लिखा चाहिए मुझे।

गड़बड़ : बड़ा कठिन है जी, दोनों साथ मिलते भी तो नहीं। घर अच्छा तो लड़का ठीक नहीं, और लड़का अच्छा तो घर ही ग़ायब। क्या किया जाए ठाकुर साहब!

रामावतार : जी हाँ, जी हाँ, ठीक ही कहते हैं, आपकी चिट्ठी मिली थी। मैंने अजित की माँ से चर्चा भी कर दी थी। पर देखिए न गड़बड़ सिंह जी, देखिए न...!

गड़बड़ : नहीं नहीं, उसमें कोई बात नहीं ठाकुर साहब। लेन-देन तो आप जानते ही हैं, हम कैसे करते हैं। वह तो हमारे खान्दान का एक चलन ही है, फिर ऊपर से लक्ष्मी की माँ का कहना है कि वह लड़की शहर में डालेंगी, चाहे जितना भी देना पड़े।

मुसई पं० : मालकिन ज़माने को समझती हैं...लेकिन रामावतार बाबू, आपका लड़का कुछ...

रामावतार : कहिए कहिए पंडित जी! उसमें रुकने की क्या बात है? आप तो उसे बचपन से...

मुसई पं० : इसीलिए तो...मैंने उसे पहचाना ही नहीं...वह तो...

रामावतार : वह तो क्या पण्डित जी! (उठ खड़े होते हैं) बहरा है? लँगड़ा है? पागल है? आप कह क्या रहे हैं? क्या हो गया

है, आपको? जिस लड़के को देख कर शहर के लोग समझ ही नहीं पाते कि उसके माँ-बाप कश्मीरी हैं या पेशावरी,... उसे...उसे...(इधर-उधर घूमने लगते हैं) शहर में लोग उसके बर्ताव, रहन...सहन की तारीफ़ करते नहीं थकते। माँ जिसकी, माँ जिसकी...

गड़बड़ : (समझाते हुए) ऐसी बात नहीं है ठाकुर साहब, आप उत्तेजित न हों। शायद पण्डित जी ने समझने ही में ग़लती की हो।

रामावतार : क्या अजित मिला था आपको?

मुसई पं० : कह नहीं सकता, पर शायद...लेकिन वह तो बहरा और ढीले दिमाग़ का था।

रामावतार : कोई दूसरा रहा होगा, महाराज! मैं अभी उसे बुलाता हूँ, तब तक आप लोग हाथ-मुँह धोएँ, चलें अन्दर के दालान में।

गड़बड़ : क्षमा करें ठाकुर साहब, पण्डित जी से ग़लती हो गयी।

रामावतार : (हँसने की चेष्टा करते हुए) नहीं नहीं, इसमें क्षमा करने की क्या बात है। कभी-कभी भ्रम हो जाता है।

[सब जाते हैं]

*

[कुछ क्षणों बाद स्टेज पर रोशनी कुछ और हल्की हो जाती है। पृष्ठभूमि में सितार पर केदारा के अलाप का हल्का आभास होता है-सा, सारे, सा, म, मप धप...रश्मि का प्रवेश।]

रश्मि : (प्लेट-प्याले एक जगह इकट्ठी करती हुई गुनगुनाती है) सोच समझ मन मीत पियरवा, सारे सा, प, प, प, म प...

सतगुरु नाम परयो सुमिरनवा
घड़ि घड़ि पल उमर घटत सब,
अबहुँ चेत मतिमंद चतुरवा।

[सहसा अजित अंदर से दौड़ा आता है और रश्मि के बालों को खींच कर अपनी और कर लेता है।]

अजित : देखा तुमने मेरा तमाशा?

रश्मि : (बनावटी गुस्से में) चलो, हटो भैया! हर समय इस तरह की हरक़त अच्छी नहीं लगती। भला वे लोग क्या सोचेंगे?

अजित : कहा न कि हो तुम भी वही सोटे खाने वाली, पति के चरण धो कर पीने वाली, तभी छी:!

रश्मि : छी: की क्या बात है भैया। बेचारे शादी के लिए आये हैं। ज़रूरतमंद हैं तो क्या तुम सीधा बर्ताव भी नहीं कर सकते। और यदि तुम्हारे साथ भी कोई ऐसा बर्ताव करे।

अजित : अब समझा तेरी बात। तो पृष्ठभूमि बना रही है अपने लिए। लेकिन देखो...देखो ऊपर...(ठुड्डी पकड़ कर उसका चेहरा ऊपर कर लेता है) मैं ऐसी खरीद फ़रोख्त वाली शादी में हाथ डालने नहीं जाऊँगा। यह तो आदमी की नहीं, पशु की शादी हुई। जहाँ लगा दिये गये, वहीं लग गये। जिस खूँटे में बाँध दिये गये, उसी में चारा-पानी करने लगे। तू भी चाहती है ऐसी शादी...बोल...(बाल खींचता है)

रश्मि : उई माँ, मर गयी (चीखती है)

[अन्दर से माँ झपटी हुई आती है। जैसे बहुत गुस्से में है।

सरूपा : क्यों री लड़की, लाज-हया सब धो-धा कर पी गयी। घर में मेहमान बैठे हैं, चल यहाँ से। एक हम लोग थीं कि कोई बोल भी नहीं सुन पाता था, इस उमर में। चल अन्दर, बन्द कर देती हूँ कठोरी में तुझे, चल। (रश्मि प्याले लेकर अन्दर जाती है। अजित कानों पर हाथ रख कर डरने का अभिनय करता है।) और अजित तेरा क्या इरादा है...बस सच-सच बता दे। कब तक इसी तरह तमाशा चलता रहेगा बेटे! मेरे ऊपर भी तुझे दया नहीं आती! (सिसकियाँ लेने लगती है) तेरे बाप मेरा करेजा काट रहे हैं। क्यों रे, तू इतना पत्थर हो गया है कि हम लोग परछाइयों की तरह तेरे पीछे दौड़ते रहते हैं और तुझे कुछ भी खयाल नहीं होता। तू ने इन लोगों को भी भगा देने का उपाय रचा था। कुछ तो इज्ज़त-बात का खयाल करता तू। जानता है गड़बड़ सिंह

को, हमारे इलाके के सबसे बड़े आदमी समझे जाते हैं। यह तो तेरे बाप की बनी बात का नतीजा है, वर्ना मेरी क्या हस्ती थी।

अजित : लेकिन हस्ती और शादी से क्या मतलब माँ, शादी तो लड़की से...मैंने सुना है...

सरूपा : अजित, अब बहुत हो गया। कहो तो मैं ज़हर खा कर मर जाऊँ। मेरा कलेजा छलनी हो रहा है। वे आते हैं तो मुझी को कोसते हैं; मैं कहीं चली जाती हूँ।

अजित : (पास जाता है) ठीक है माँ! चलो भी कहीं, घूम ही आएँ...क्यों...

सरूपा : चल हट, मैं नहीं बोलती तुझ से।

अजित : कैसे नहीं बोलेगी माँ? (गले में हाथ डालता है)

सरूपा : माँ-बाप चाहे जैसे हों पर वे मिट्टी के पुतले नहीं होते। वे सब सह सकते हैं, पर वे यह नहीं चाहते कि उनकी संतान के बारे में कोई झूठी बात कही जाए। तुझे लोग पागल कहें, बहरा कहें और तेरे बाप सुनते रहें। (रोती है) संतान के लिए किसके मन में कमज़ोरी नहीं होती?

अजित : माँ, तुम नहीं जानती।

सरूपा : मैं क्या नहीं जानती? यही न कि वे लोभी हैं, पैसे के लिए तुझे बेचना चाहते हैं, और शादी के बाद जिम्मेदारियों की बात उठा कर तुझसे नौकरी कराना चाहते हैं। वे नीच हैं न, बुरे हैं न! (फूट-फूट कर रोती है)

अजित : (गला भर आता है) तू मुझे नहीं समझ रही है।

सरूपा : इसलिए कि तू पढ़ा-लिखा है, मैं बेवकूफ हूँ, पर जनमा तो है इसी तन से। रात-दिन एक करके पाला तो है इसी जन ने। फिर कैसे नहीं समझती। तू कहेगा पिता जी दिखावा करते हैं। लोगों के सामने अपनी ग़लत स्थिति बताते हैं...

अजित : हाँ हाँ, मैं ठीक कहता हूँ। हम इस तरह की बातों में नहीं आ सकते। इस सफ़ेदपोश पर्दे में मेरी साँस घुटने लगती है, तो फिर क्यों तुम लोग चाहते हो कि मैं भी तुम्हारी तरह

बनूँ। क्या इतना काफ़ी नहीं है कि मैं तुम्हारा बेटा हूँ। क्या हमारे अपने विचार नहीं हो सकते? क्यों बच्चों को गूँगा बनाया जाता है माँ! क्यों लड़कियों को गुलामी सिखायी जाती है? इसलिए न कि उनके सीमित दिमाग़ से जीवन-भर फायदा उठाया जा सके।

सरूपा : फ़ायदा?

अजित : हाँ माँ फ़ायदा, मैं तुम्हें दिखा दूँगा।

सरूपा : (करुण स्वर में) तुम्हीं सब ठीक कहते हो, पर इस समय वहाँ चले जाओ, मैं तुमसे मिन्नत करती हूँ।

अजित : कह रही हो तो मैं जाता हूँ, पर मैं नहीं जानता...

[तेज़ी से अन्दर जाता है। माँ पीछे-पीछे खिड़की पर रखी लालटेन लेकर चली जाती है। मंच पर क्षण भर के लिए अन्धकार छा जाता है।]

*

[कुछ क्षणों बाद अंधेरा हटता है तो रामावतार बाबू कुर्सी पर बैठे, चिंता में डूबे दिखाई पड़ते हैं। रश्मि चाय लेकर जाती है और स्टूल पर रखती है। सरूपा भी पीछे-पीछे जाती है और स्टूल पर रामायण की नयी पुस्तक रख कर बगल वाली तिपाई पर बैठ जाती है।]

सरूपा : तुम नाहक परेशान होते हो। छोड़ो भी उन बातों को। दफ्तर के लिए देर हो जाएगी। पिओ न चाय!

रामावतार : नाहक परेशान होता हूँ। तुम्हीं हो इन बातों की जड़, वर्ना मैं नहीं झेल सकता था इतनी परेशानियाँ। हम लोग भी लड़के थे। आज तक जाना भी नहीं कि कब शादी हुई, कैसे हुई।

सरूपा : (चिढ़ कर) अब तो हो गया न! तुमने न जाना, न सही, पर तुम्हारे ही जैसा संसार थोड़े ही हो जाएगा।

रामावतार : तो तुम भी लेक्चर देने लगी। घर-द्वार की इज्ज़त सब धुल गयी। माथे की पगड़ी उतर गयी और मैं जाने दूँ। (उठ कर इधर-उधर टहलता है) जानती हो, जानती हो (सरूपा के पास जा कर) उसने उन लोगों से क्या कहा?

सरूपा : नहीं तो!

रामावतार : मकान बिकाऊ है...सामान कबाड़े का है...और मेरे सामने जब बात करने गया तो मुँह टेढ़ा कर के पागलों-सा अभिनय करता रहा।

सरूपा : दुबारा (विस्मय से) जब मैंने भेजा था?

रामावतार : हाँ दुबारा, और फँसे-फँसाये आदमी हाथ से निकल गये। मैंने कितनी कोशिश की थी कि मेरे यहाँ आ भर जाएँ तो मैं काम बना ले जाऊँ। इज़्ज़त की इज़्ज़त गयी, दस हज़ार की उम्मीद थी, दस...

सरूपा : दस हजार! (विस्मय से देखती है)

रामावतार : और क्या, औरत के मुँह की शादी करता मैं, ऊपर से नाम कितना होता कि गड़बड़ सिंह डूगरपुर वाले के यहाँ शादी हो गयी।

सरूपा : और लड़की!

रामावतार : अरे चलो भी तो, बड़ी शहराती बनने आयी हो! (झुँझला कर टहलने लगता है) तुम्हीं अगर एक आँख की होती, लँगड़ी होती तो क्या मैं तुझे छोड़ देता? प्रेम-मुहब्बत, जान-पहचान...अरे देख तो रहा हूँ कि ज़हर खा कर रोज़ जानें जा रही हैं। मियाँ कुछ और, बीवी कुछ और। मुझसे नहीं चल सकता...अपने लाल से कहो कि अगर ऐसे ही रहना है तो अपना इन्तज़ाम कर लें।

(झुँझला कर वहीं स्टूल पर रखी रामायण की पुस्तक फेंक देता है)

अजित : (एकाएक आ कर) कर लूँगा अपना इन्तज़ाम पिता जी। आप इतने परेशान न होइए। मुझे झूठी प्रतिष्ठा का बोझ नहीं ढोना है। अगर आपकी बातों को अंधा होकर नहीं मानता तो आपका पुत्र नहीं हो सकता-यह आज जान सका हूँ (माँ से) और तू माँ! मेरी दी हुई रामायण भी अपने पास नहीं रख सकती। अच्छी तरह समझ गया तुम लोगों को मैं। बस ऊँची-ऊँची बातें बनाना आता है। किसी के मनोभाव का कोई आदर नहीं है तुम लोगों के पास...

(आवाज़ भर आती है)

सरूपा : सुनो तो...सुनो, कुछ मेरी भी तो...

अजित : नहीं...नहीं, हो गया माँ! अब जो होना था हो गया।

रश्मि : नहीं भैया। माँ ने...नहीं...

अजित : तू चुप रह रश्मी! बड़ी चली है सफाई देने।

(रामायण उठाता है। रामावतार बाबू मुँह बाये देखते रह जाते हैं।)

: (माँ से) तू भी अगर इस घर से मुझे हटाना चाहती है माँ, तो कान खोल कर सुन ले कि मैं कहीं नहीं जाता। यहीं रहूँगा और वही करूँगा जो मेरा मन, मेरी बुद्धि ठीक समझेगी। कोई ज़रूरी नहीं है कि तुम्हारी पिटी-पिटाई परम्पराओं पर मैं भी टाँग घसीटता चलूँ। यह मेरा घर है- मेरा भी इस पर अधिकार है। मैं इसी में रहूँगा और डट कर रहूँगा। पर तुम आज से मेरी दी हुई कोई चीज़ न लेना...कोई चीज़ न लेना...कोई चीज़...(भर्राये हुए गले से चिल्लाता हुआ अंदर चला जाता है।)

(पर्दा गिरता है)

?

चिड़ियाखाना

पात्र

मन्ना

राजेश

राजू

जानू

भोंदू

रहीम

रानी

मिन्नी

हंसा

खन्ना

समय

दोपहर से शाम तक

स्थान

किसी पार्क में बना हुआ एक साधारण रेस्तराँ

[पर्दा उठने पर सड़क के किनारे एक टूटी झोपड़ी के आगे, एक अस्थायी रूप से बना हुआ ओसारेनुमाँ रेस्तराँ दिखाई पड़ता है, जिसकी छतों पर सीमेंट की पत्तरें पड़ी हैं। दरवाज़े लोहे की पट्टियों के बने हैं। सामने दो रईसाना ठाट की बहुत पुरानी, किन्तु संगमरमर की मेंज़ें और कबाड़े से लाई कुर्सियाँ पड़ी हैं। लगता है सब कुछ पुराना है। मेज़ के ठीक बगल, पत्थर का एक बड़ा-सा टुकड़ा पड़ा है, जिस पर शीशे के कुछ गिलास धो कर रखे हैं। एक गमला है, जिसमें सेहुँड़ का पौधा लगा हुआ है। इस पत्थर की बगल में दो-तीन लोग बैठे हैं। सबके सिर पर टोपियाँ हैं। यह सब इस रेस्तराँ के नौकर हैं। इसमें एक बूढ़ा है, जो बीड़ी दगाये हुए है और धीमे-धीमे कुछ बात करने में लगा है। सामने से कभी-कभी लोग गुज़रते हैं पर अधिकांश इस ओर ध्यान नहीं देते।

एक ओर से राजेश, मन्ना और राजू प्रवेश करते हैं। तीनों के चेहरे पर उदासी छायी हुई है-जैसे कुछ खोज रहे हों, पर बाहर की दुनिया में नहीं अपने ही भीतर कुरेद-कुरेद कर। राजेश की मूछें नन्हीं-नन्हीं कटी हैं, कद छोटा, रंग साँवला है और सफ़ेद कुर्ता-पायजामा पहन रखा है, उसने। राजू गोरे रंग का पतला-लम्बा युवक है। देखने में कवि जैसा दिखता है और पैंट-बुशशर्ट पहन रखी है। मन्ना पूरे सूट में है। कायदे से टाई भी बाँधीं है। तीनों आकर गोल मेज़ के

चारों ओर बैठते हैं। बूढ़ा नौकर हँसता हुआ लपक कर आता है।]

जानू : (मन्ना की कुर्सी से सट कर, एक बार सब पर निगाह दौड़ाते हुए) सपना हो गये बाबू जी! (हँसता है)

मन्ना : कुछ न कहो जानू इस समय। बस हट जाओ यार, यहाँ से।

जानू : मन्ना बाबू! इनाम भी बाकी...(सिर खुजलाने लगता है)

मन्ना : कह दिया, इस समय बस करो जानू! पिलाते हो तो पानी पिला दो एक गिलास, वर्ना चले जाओ यहाँ से।

राजू : और चाय भी...पर खूब गरम रहे।

मन्ना : क्या बात करते हो यार! कुछ पता भी है तुम्हें। जानू की अट्ठारह साल की स्टैंडिंग है इस रेस्तराँ में। इसने वर्मा जी को चाय पिलाई है, जोशी जी के जवानी के दिन देखे हैं।

जानू : (रामू की ओर देख कर) पढ़ा तो होगा बाबू जी आपने वह नाबिल...वह जो है न उसमें,...होटल का बयान आता है और लड़की मोटर से उतरती है तो साहब कहता है, 'जानू! ऐसी चाय पिलाओ सुंदरी को...'

मन्ना : बस हो गया जानू! देख ली तेरी क़ाबलियत यार! बात बनाना कोई तुझ से सीख ले।

जानू : क्या...क्या कहते हैं आप!

मन्ना : नहीं जी, तू हिन्दुस्तान का सबसे बड़ा आदमी है। उपन्यास में नाम क्या छप गया...खैर हटाओ भी यार!

(कुर्सी के पिठासे से सिर टेक लेता है)

राजेश : (बुझी हुई सिगरेट की टुकड़ी को मेज़ पर घुमाते हुए) जाओ भी जानू, सिर न खाओ! तेरा सारा महत्त्व मालूम है। मरी हुई लाश पीटता जा रहा है।

[जानू चला जाता है]

राजू : आखिर कब तक चलता रहेगा यह सब। छोड़ो राजेश इन सब को। हमारा रास्ता यह नहीं है दोस्त! यह घर बसाने की तमन्ना, यह बीवी, यह बज्जे...रोग-दोख...यह सब छोटी

ज़िन्दगियों के पैमाने हैं। कहाँ नपती है यह ज़िन्दगियाँ इस पर।

(मेज पर कुहनियाँ टिका कर, माथा थाम लेता है)

राजेश : खराब हो गया दिन, न जाने किस नालायक का मुँह देख कर उठा था। कितनी हसरत थी दीदार की मन में पर करा ही दी लौंडों ने हड़ताल।

राजू : तो चला क्यों नहीं गया, जो हाँक रहा है लम्बी।

राजेश : कैसे चला जाता दोस्त! पहले तो सोचा जाऊँ ही। पर साथी ही तो थे अपने, नहीं कुछ और बनता तो क्या बात भी गयी, आखिर तो बेचारे मरते-खपते हैं।

राजू : लेकिन यह तीर का रुख क्यों मोड़ रहे हो। कम्बख्त अपने को होशियार बनते हैं। यह तो मन्ना से कहते, जो तुम्हारे निशाने नहीं जानता!

मन्ना : (चौंकता है) मैं और इसके निशाने! पर हटाओ यार, खत्म करो इन बातों को-कुछ और कहो!

राजू : ज़मीन की न सही, आसमान की ही क्यों न हो!

राजेश : बस आज सब छोड़ देने की इच्छा हो रही है। कौन है दुनियाँ में अपना जी। यह नाते-रिश्ते तो भोंड़े, कमज़ोर इन्सानों के हैं, जो अपाहिज हो के पैदा हुए हैं और अपाहिज हो के मर जाएँगे।

राजू : कर्मयोग...मन्ना भाई, कर्मयोग! ज़रा ध्यान दीजिए योगी जी की बातों पर। (राजेश की ओर देख कर) संसार मिथ्या है, हम-तुम मिथ्या है और वो भी...(ज़ोर का ठहाका लगाता है। फिर एकाएक रुक जाता है।) मर जाओगे राजेश! इन लड़कियों का चक्कर नहीं जानते। यह प्यार नहीं जानतीं, यह तो ज़रूरत और उसकी पूर्ति देखती है। देखो न जीते-जागते नमूने बैठे हैं।

(मन्ना की ओर इशारा करता हुआ हँसता है)

मन्ना : बस यही जी में आता है कि अँधेरी कोठरी में धुआँ दे कर...खत्म कर दूँ यार...

जानू : (चाय के प्याले रखते हुए) किसे बाबू जी!

मन्ना : तुम्हें जी, और किसे!

जानू : मुझे बाबू जी! और धुआँ दे कर...इसी तरह कभी-कभी वह बाबू भी मायूस हो कर आते थे और दस-बीस रुपये का नोट थमाते हुए कहते, 'जानू...बस...ज़रा कड़ी रहे...' और गोल्ड-फ्लैक का टिन-का-टिन फूँक देते थे, यहाँ बैठ कर।

राजू : और इन बाबू लोगों को बीड़ी भी मयस्सर नहीं।

(व्यंग्य से मुस्कराता है)

मन्ना : जाओ भी जानू। क्या कबाड़ियों के आगे दिल की बात करने लगे जी। हर बात को अपने ही पास ले आ कर तौलते हैं।

जानू : (जाते जाते रुक कर) दूँ बीड़ी बाबू! (दो बीड़ियाँ निकालता है)

राजू : (राजेश की ओर इशारा कर के) यह योगी महाशय भी पीते हैं। देखते नहीं गिलहरी की तरह ताक रहे है।

[जानू एक बीड़ी निकाल लेता है। दो उन लोगों को देकर, एक मुँह में लगा लेता है और जाता है।]

मन्ना : अब तो शरम कर राजेश, आदमी समझना और दुकानदारी करके पैसे कमाना दो चीज़ें हैं। तुम्हें तो बस इतना पता है कि रिश्ते पैसों से बनते हैं।

राजेश : (चाय का सिप लेते हुए) बस यार, एक ही चारा दीखता है। बाधूँ बिस्तर और हो रहूँ एक...दो...तीन, न बाँस रहेगी न बाँसुरी...

राजू : (हँसता है) गोया आप ही तो बाँस है, और वह भी जिससे बाँसुरी बनती है। यार, मैं समझता था कुछ बुद्धी है इस भेजे में। म्याँ, यह क्यों नहीं सोचते कि बकरी बाँधने का खूँटा भी नहीं बन सकता तुम्हारे जैसे बाँस से, बाँसुरी तो अलग रही।

मन्ना : (राजू की ओर इशारा करके) ये हैं बाँसुरी के बाँस, देखा है अपना चेहरा कभी शीशे में। अभी ऊँट पहाड़ के नीचे नहीं आया, वर्ना पता चल गया होता।

राजेश : हटाओ भी यार, इन बातों में क्या धरा है। बने हुए को बनाना क्या?

राजू : इसमें क्या शक है भाई, वह तो सूरत ही बताती है। बस इन गहरी आँखों में दो बूँद आँसुओं की कमी है। क्या नादानी से भरा गम है! मैं तो बस गर्क हो गया, पर कौन समझाये उस बेरुहानी तबीयत को! काश वह मेरे बबुआ के दिल को समझ पाती। (हँसता है और राजेश की ठुड्डी पकड़ लेता है)

राजेश : खूब कह रहा है राजू, बस बोलता जा तू।

मन्ना : क्या बात है, सरस्वती बैठ गयी हैं इसकी जुबान पर। (हाथों को फैलाता है और फिर सिकोड़ कर बैठ जाता है)

राजू : रहने दो यार, यह कोई गदहे की पीठ तो नहीं जिस पर सरस्वती-लक्ष्मी जैसी भारी भरकम महिला आसन जमावें।

राजेश : लेकिन किसी क्लर्क की टूटी बाइसिकिल ज़रूर है-

मन्ना : जिसके डंडे पर फूल-सी वजन वाली बीवी का आसन जम सकता है।

राजेश : वह भी खैराती दवाखाने जाते समय...(सिर हिलाता है)

राजू : यह मैं...

मन्ना : रहने दे यार, चला है सबक सिखाने। कल का छोकरा, अभी क्या देखा है जिन्दगी में (पीछे घूम कर) जानू जरा पानी लाना भाई! (राजू से) पेट भर खाना और धुले कपड़े मिल गये तो...

राजू : तुम मेरी बात...

राजेश : अकल बड़ी चीज़ होती है राजू!...बस जी में आता है...बड़ी बेचैनी है दोस्त...लगता है ज़िन्दगी किसी अँधेरी कोटरी में आ कर बंद हो गयी है। बस कुछ न हो...कोई न हो...(कस कर मुट्ठी बाँध लेता है)

राजू : (बनावटी आवाज़ में) तुम हो और वो हों...तुम्हारी खोपड़ी पर एक मुन्ना हो। वो हों, तुम्हारी बाइसिकिल पर और एक तरकारियों वाला झोला हो। वो हो, बढ़ी हुई दाढ़ी और दवा की शीशी हो...(ज़ोर से हँसता है)

मन्ना : (राजू के साथ हँसता है) क्या बात है राजू! यार बैठाल दिया, हाथ मिलाओ...(हाथ बढ़ाता है) चीर दो यार! इन सब का पर्दाफ़ाश कर दो।...सब सड़ गया है। लगा दो कमल की नोक कि ढह जाए सारा...दूर नहीं है वो दिन यार...बस मिटा दूँगा (कुर्सी पर लटक जाता है)

जानू : (पानी का गिलास रखते हुए) क्या बात है बाबू जी!

राजू : (गम्भीरता से) कुछ नहीं जानू! थोड़ा भेजा गरम हो गया है।

जानू : भेजा! (मुँह बा कर देखता है)

राजू : हाँ जी! बरफ़ के कुछ टुकड़े ला कर सिर पर रख दो!

जानू : क्यों बाबू जी?

राजू : (बनावटी क्रोध से) और क्या, मैं झूठ कह रहा हूँ? (राजेश की ओर इशारा करके) और देखो हाँ, इनकी भी, तबीयत कुछ उलझ गयी है। (इधर-उधर देखता है) बिजली का पंखा तो नहीं होगा यहाँ, खैर कोई बात नहीं, ताड़ का पंखा ला कर हवा करो!

(जानू भौचक्का हो कर कभी राजेश, कभी मन्ना की ओर देखता है। दोनों कुछ नहीं बोलते। राजेश एक टक नीचे देखता रहता है।)

मन्ना : (आँखें बन्द किये) उफ़ यार...उफ़...(कहते हुए कुर्सी की टेक पर सिर लटका लेता है)

राजू : (बनावटी क्रोध से) जानू मैं कह रहा हूँ कुछ...तुम तो बहुत समझदार...

[जानू सिर हिलाता है, जैसे कोई रहस्य पा गया हो, दौड़ा हुआ जाता है।]

: क्या ठाठ है दोस्तों तुम लोगों के, जल्दी ही चिड़ियाखाने की शोभा बढ़ाओगे–क्या कहने हैं! (हँसता है)

[जानू एक तस्तरी में बरफ़ के टुकड़े और ताड़ का पंखा लिये आता है। राजेश उठ कर खड़ा हो जाता है और जेब से एक रुपया निकाल कर मेज़ पर रख देता है।]

राजू : वाह-वाह क्या बात है जानू! मैं तो चला, पर बाबू लोगों को ज़रा ठंडा रखना...अच्छा, (जानू सिर हिलाता है) बाक़ी पैसे तुम्हारे हैं। जरा खयाल रखना...हाँ!

[राजू के जाने के साथ ही मंच पर अंधेरा छा जाता है।]

*

[पिछला दृश्य। कुछ क्षणों बाद मंच पर रोशनी होती है। जानू जल्दी-जल्दी उसी मेज़ को पोंछ कर साफ़ कर रहा है। भोंदू प्लेट-प्याले उठा रहा है।]

भोंदू : एक प्याली चाय और चौबीस गिलास पानी...खूब है तुम्हारे बाबू लोग जानू दादा!

जानू : अरे चल बे, जल्दी कर! बस इतने ही में नानी मरने लगी तो कर चुका होटल की नौकरी। देखा है कभी अजायबघर... यही तो है सामने...

[पीछे से लड़कियों की खिलखिलाहट सुनाई पड़ती है। जानू विंग की ओर देखता है और हाथ तेज़ी से चलाने लगता है।]

: बरतन जरा ठीक से धोना! (कंधे से तौलिया उतार कर कुर्सियाँ पोंछता है)

[तीन लड़कियाँ, रानी, मिन्नी और हंसा प्रवेश करती हैं।]

रानी-बेकिनारे की सफ़ेद साड़ी, ब्लाउज, लम्बा छरहरा बदन और गहरे सोच में डूबी हुई आँखें।

मिन्नी-कद में छोटी, पर बड़ी ही चपल, हिरनी के समान आँखें, बड़े गले का सिल्केन ब्लाउज़, रंगीन सिल्केन साड़ी, गले में बड़े-बड़े मोतियों के दाने, और सब पर गहरी सजावट और निगाह।

हंसा-आकर्षक किन्तु बहुत उदास, सफ़ेद ब्लाउज़ और पीली धोती।

मिन्नी : बैरा...बैरा...

जानू : जी सरकार!

मिन्नी : (तेज़ आवाज़ में) क्या कुर्सियाँ रखते हो, जैसे कबाड़े से उठा कर लाये हो।

जानू : (डरी आवाज़ में) सरकार...जी...अभी तो...

मिन्नी : खाक साफ़ किया था। कोई शरीफ़ आदमी भी बैठता है यहाँ कि बस ऐरे-गैरे ही आते हैं।

(जानू जल्दी-जल्दी तौलिया चलाता है। हंसा अपनी जेब से रूमाल निकाल कर अपनी कुर्सी साफ़ कर लेती है। रानी वैसे ही बैठ जाती है।)

रानी : बैठो भी मिन्नी! तुमने शादी क्या कर ली, आफ़त आ गयी दुनिया के सिर पर। क्या डिप्टी साहब को भी ऐसे ही डाँटती हो?

मिन्नी : और नहीं तो क्या जी! तू अभी समझती नहीं दुनिया को (पीछे घूम कर) बैरा...बैरा...

जानू : जी सरकार!

मिन्न : जी सरकार...जी सरकार...

हंसा : अरे भाई मेम साहब कहा करो।

मिन्नी : नहीं जी, मैंने कहा न कि इन सबों को तमीज़ नहीं होती। यही दुर्भाग्य है हमारे देश का। न तो यहाँ कोई ढंग है, न तरीका, बस जो जी में आया...

रानी : देखो चाय ले आना तीन, और हाँ, सुनो तो, और कुछ लोगी मिन्नी?

मिन्नी : क्या होगा इनके पास। कोई तेज़ चीज़ खाने की इच्छा हो रही है।

जानू : समोसे तो हैं बीबी जी!...अरे माफ़ कीजिए...मेम साहब...

मिन्नी : अच्छा तो तीन लाओ, पहले।

जानू : बहुत अच्छा हुजूर...नहीं नहीं, मेम साहब!

[हंसा और रानी हँसने लगती हैं। जानू जाता है।]

हंसा : (कुछ सोचते हुए) खूब हो मिन्नी तुम!

रानी : और क्या तुम्हारी तरह, जो पीटती जाए लकीर...

मिन्नी : (हँसती है) क्या खूब कहा है रानी जीजी। जी में आता है तुम्हें हमेशा बाँधे रहूँ अपने साथ, क्या वकालत करती हो कभी-कभी।

रानी : तुम्हारी वकालत और मैं ? कहाँ ठहरती है दासी तुम्हारे आगे! अरे तुम तो खुद ही छोटी-मोटी वकील हो।

हंसा : सही बात है मिन्नी। तुम्हारे बड़प्पन का जोड़ कहाँ!

मिन्नी : (नाराज़-सी हो कर) वह तो तुम्हारे ही हिस्से पड़ा है हंसा दीदी! हम मामूली लोग कहाँ ठहरते हैं इन आदर्शों के आगे।

रानी : (बनावटी आवाज़ से) और क्या जी! प्रेम और शादी कोई एक चीज़ है? प्रेम तो साधारण से भी सम्भव है, पर विवाह के लिए असाधारण की खोज होती है। डिप्टी कलक्टर के आगे विद्यार्थी कहाँ ठहरता है। यह तो मिलने न मिलने की बात है।

(मिन्नी की ओर देख कर व्यंग्य से हँसती है।)

हंसा : ऐसा भी क्यों कहें? यह तो खुद अपने मन की बात है। जिसे जैसा भाये।

रानी : और जो मन रोना ही चाहे जीवन भर...झूठी छाया के पीछे भागना ही भाये जिस मन को, उसकी क्या दवा है हंसा जीजी?

हंसा : वह तो लाइलाज़ मर्ज़ है रानी! क्यों तू कुरेदती है मेरे मन को, व्यंग्य की पात्र मैं नहीं हूँ जी।

मिन्नी : बस यही है बिरह का पचड़ा-मायूसी, उदासी, लम्बी-लम्बी साँसे और शादी होने पर भी ग़मी में दिन काटने के लक्षण।

हंसा : तू तो खुश है न मिन्नी! क्या दुनिया की पड़ी है तुझे। कोई मरे-जिये, उदास रहे, साँसें भरे...

रानी : क्यों मरे हंसा दीदी! (व्यंग्य से) एक ओर कहे 'तुम्हें मुझ से कोई छीन नहीं सकता डियर! अब तो मैं हमेशा-हमेशा

के लिए तुम्हारी हूँ! और दूसरी ओर डिप्टी-कलक्टर, आई०ए०एस०, बड़ा आदमी, मोटर, बंगला, नौकर, शोफ़र और न जाने क्या क्या...(ज़ोर से हँसती है, सहसा रुक कर आवाज़ बनाते हुए।) प्रेम भी कोई चीज़ हैं हंसा दीदी! 'बस मेरे साहब तो ऐसे हैं कि...मुझे तो बस बार-बार...' (हँसती है) जानती हो दीदी! अफ़सर की बीवी होने का मतलब?

हंसा : मैं तो नहीं जानती रानी!

रानी : और तुम मिन्नी! (किंचित आवाज़ बदल लेती है) नाराज़ हो रही हो मेरे ऊपर!

मिन्नी : नहीं तो

रानी : तो बताओ न!

मिन्नी : मैं नहीं जानती तुम्हीं न बताओ!

रानी : कोल्हू का बैल जानती हो!

मिन्नी : हाँ

रानी : तो उसी की बीवी समझ लो। (ज़ोर से हँसती है)

हंसा : (नाराज़ हो कर) बहुत बोलने लगी रानी!

रानी : (बनावटी आवाज़ में) और तुम्हारा जी घबराता है। कलेजा धड़कता है। ध्यान टूटता है। सुमिरिनी न ले लो एक दीदी! तुम्हारी कसम बड़ा मज़ा आएगा। वो देखेंगे ही कभी न कभी (ज़ोर की साँस लेती है) तुम्हारे नाम की माला जपा करती हूँ निशि-दिन...नहीं बनता मुझसे दीदी! पर बड़ी बेदर्द दुनिया है, बड़ा ज़ालिम जमाना है!

[जानू चाय ले कर आता है। मेज़ पर रखता है।]

मिन्नी : बड़ी देर लगा दी तुमने।

जानू : जी सरकार...जी नहीं...मेम साहब!

मिन्नी : क्यों नहीं...(घड़ी देखती है)

जानू : हुजूर...नहीं...मेम साहब...

(रानी ज़ोर से हँसती है। हंसा भी साथ देती है।)

रानी : कुछ भी कहो बाबा! मेम साहब नाराज़ नहीं होंगी, यह तो नयी-नयी...

हंसा : (मुँह पर अँगुली रख कर जोर से) रानी!

ठीक है, ठीक है बाबा, अब जाओ! (जानू जाता है) कुछ तो खयाल रखा करो! क्या कहती हो, कहाँ कहती हो, किससे कहती हो...

रानी : और क्यों कहती हो, क्यों मिन्नी! (आवाज़ बदल लेती है) और तुम तो नाराज़ दीखती हो...च्...च्...गलती हुई मुझसे। कौन जाने रिपोर्ट ही कर दो साहब से तो रास्ता भी चलना बंद हो जाए। खैर वारंट से तो मैं नहीं डरती।

हंसा : मन्ना की बहिन हो न?

[सहसा वातावरण भारी हो जाता है, जैसे कोई झनझनाहट भर गयी हो। मिन्नी बेचैन हो उठती है। कुर्सी पर इधर-उधर खिसकती है। हाथ का प्याला मेज पर रख देती है।]

: साहस तो उसी से सीखा है, और यह हास्य भी...

रानी : और उसकी वफ़ा तो तुमने सीख ली! (मिन्नी की ओर घूमकर व्यंग्य से) क्यों मेम साहब! बोलिए न कुछ। आप तो लाल हो गयीं मन्ना का नाम सुन कर। अब बुरा लगता है क्या? पहले तो कहती थी, 'क्या नाम है तुम्हारे भइया का...और मेरे नाम के साथ तो बस...! क्या हो गया उन बातों का?

हंसा : बहुत हो गया रानी! यह हँसी-मज़ाक की बात नहीं है।

रानी : (व्यंग्य से) प्रेम-मुहब्बत में और क्या है दीदी! बस उड़ गये गुलछर्रें दो दिन। हो गये कुछ वादे, लिख दीं कुछ चिट्ठियाँ, भेज दीं दो-एक तसवीरें (मिन्नी की ओर घूम कर) लगता है समोसे में मिर्च कम है, और मँगाऊँ क्या?

मिन्नी : (क्रोध से) मेरे जुबान है, मैं मँगा लूँगी।

रानी : चाट खाने वाली जुबान तो है तुम्हारे पास, यह जानती हूँ, पर संकोच कर रही हो। बैरा...बैरा...

जानू : जी सरकार!

रानी : मेम साहब को मिर्च दिखाओ! (जानू रुकता है) कह रही हूँ, मिर्च लाओ मेम साहब के लिए!

(जानू जाने लगता है)

हंसा : बाबा...बाबा...

जानू : (लौट कर) जी सरकार!

हंसा : सब ठीक है बाबा! परेशान न हो। कोई ज़रूरत नहीं।

रानी : क्यों ज़रूरत नहीं, मैं जो खाऊँगी! लाल मिर्च की थोड़ी बुकनी लाइए बाबा।

[जानू जाता है]

: (व्यंग्य से) क्यों मिन्नी दीदी! लड़के बड़े बदत्तमीज़ होते हैं। भुक्खड़, उदास और सड़कों पर मारे-मारे फिरने वाले। केरियर जो नहीं बनाते अपना। आदमी की ज़िन्दगी पा कर ग़ुलामी और जूते टारने का काम जो नहीं करते। धुले हुए कपड़े जो नहीं पहनते। बालों में क्रीम जो नहीं लगाते। छीः है ऐसे लड़कों पर, हंसा दीदी! मैं तो भाई ऊब गयी हूँ। पर यह चिट्ठियाँ, तसवीरें...यह प्रेमालाप...यह भोर के सपने...सब झूठ है दीदी? ये बदमाश जो है। जाल करके तसवीरें पा लेते हैं। दूसरों की चिट्ठियों पर नाम बदल कर दूसरों की बताते हैं।

मिन्नी : अब मैं नहीं सहन कर सकती। हँसी-मजाक का मतलब यह नहीं होता।

हंसा : और क्या रानी! तुम तो जैसा बदला चुका रही हो।

रानी : किसका बदला...कैसा बदला...

हंसा : बड़ी भोली हो रानी! मैं खूब समझती हूँ तुझे, पर अपने ही जैसा दुनियाँ को क्यों देखना चाहती है पगली!

[जानू मिर्च ले कर आता है और खड़ा हो जाता है]

रानी : रख दो मेम साहब के सामने!

(जानू मिर्च रखता है, मिन्नी उठ खड़ी होती है।)

मिन्नी : मैं इस बेइज्ज़ती को देख लूँगी? सभ्यता तो जैसे छू भी नहीं गयी है पूरे परिवार को। ऊपर से तुर्रा बड़ा लम्बा।

(जाने को होती है।)

रानी : (व्यंग्य से) बस इतने ही में बिगड़ गयीं मेम साहब! हटाइए भी, इन बातों में क्या रखा है? वह लड़की ही क्या, जिसके पीछे कोई ज़िन्दगी न उजड़ जाए। एक हैं ये भुज्ज हंसा दीदी, लीक पीटती हैं, क्यों?

[मिन्नी क्रोध से रानी की ओर देखती है और जाने लगती है।]

रानी : (ज़ोर से) जरा जल्दी कीजिएगा वारंट के लिए...और हाँ, तो क्या हम लोग पैदल ही जाएंगे? म्यूज़ियम के टिकटों और रिक्शे के किराये का क्या होगा मेम साहब!

[बाहर मोटर स्टार्ट होने की आवाज़। दोनों जातीं हैं।]

*

[कुछ क्षणों बाद प्रकाश और भी मद्धिम हो जाता है, भोंदू प्लेट-प्याले उठा रहा है। जानू हाथ में लैम्प लिये, दूसरे से तौलिया सँभाले आता है। एक तिपाई पर लैम्प रख कर मेज़ साफ़ करने लगता है।]

जानू : (थकी आवाज़ में) अभी तक मक्खी ही मार रहा है भोंदू! जल्दी कर कुछ दम-वम का ठिकाना। आज तो दिन का कुछ पता ही नहीं लगा!

भोंदू : खाक लगता दिन का पता। मैं तो बाज आया ऐसी नौकरी से बाबा।

जानू : बस इतने ही में ऊब गये बेटा!

भोंदू : कुछ भी हो बाबा! औरत का ऐसा रोब तो मैं नहीं सह सकता। मेहरिया ऐसा डाँटे, तो फिर मर जाना ही अच्छा है।

जानू : (हँस कर) रह गये भोंदू के भोंदू तुम! बात बनाना बंद करके ज़रा चिलम ठीक करो...पर सुनो, जरा सुर्ती कड़ी ही रहे।

[भोंदू जाता है]

जानू : (स्वगत) क्या औरत की जात है! कुछ विश्वास नहीं कब क्या करे, कैसी रहे! (मेज़ पर तौलिया चलाता जाता है)

अभी एक साल पहले यह लड़की बोलना भी नहीं जानती थी और आज मेम साहब हो गयी।

[भोंदू हाथ में चिलम लिए आता है। उसी के साथ खानसामा रहीम प्रवेश करता है।]

रहीम : खुदा कसम जानू दादा। अब तो क़यामत ही में फ़ुरसत मिलेगी। भट्टी की आग में जल कर ख़ाक हो गया।

जानू : फिर भी तुम्हें इस चिड़ियाखाने से तो फ़ुरसत है रहीम भाई! भाग सराहो अपने। युनिवर्सिटी के रास्ते में क्या पड़ गया यह चायघर, मौत हो गयी हम लोगों की।

[मेज के आगे तीनों एक-एक कर गोलाई में बैठ जाते हैं।]

रहीम : आ गया था कोई मौला क्या?

जानू : अरे मौला तो यहाँ आते ही रहते हैं। काम का आदमी कभी इस चायघर में बैठता?

भोंदू : बिल्कुल ठीक कहते हो जानू दादा, बम्भोला!

(ज़ोर का कश खींचता है)

जानू : बढ़ा चिलम, तो बात बना भोंदू!

(भोंदू चिलम बढ़ा देता है। जानू ज़ोर का कश लेता है।)

: जीओ भोंदू बेटा! क्या बनाया है कंकड़, लो रहीम भाई (खाँसता है)

भोंदू : अच्छा एक बात पूछूँ जानू दादा!

जानू : पूछो! पूछो!

भोंदू : यह जो लोग रोज-रोज आते हैं, उन सबको जानते हो क्या?

जानू : होशियार हो रहा है बेटा! अरे साफ़ क्यों नहीं कहता कि उस कार वाली छोकरी के बारे में जानना चाहता है।

(भोंदू हें...हें...हें...करके हँसता है)

: बड़ी बेवफ़ा लड़की है भोंदू...

रहीम : कौन दादा!

जानू : अरे वही मीनी।

रहीम : (विस्मय से) मन्ना बाबू के साथ वाली।

जानू : अब कहाँ रहे मन्ना बाबू! देखा होता आज का तमाशा! इन कुर्सियों पर बैठने वाले लोग हमें बेवकूफ़ समझते हैं रहीम! यह नहीं जानते कि हमें जेब के पैसों तक का अन्दाज़ रहता है। (खाँसता है)

रहीम : क्या बात हो गयी बाबा!

जानू : (हँस कर) बात तो क्या होती, पर मज़ा आ गया रहीम! मन्ना बाबू की बहिन भी थी साथ, और उसने जो-जो लथाड़ दी है मेम साहब को...छी...मेम साहब कहलाना चाहती थी।

रहीम : अरे कौन बाबा!

जानू : (उपेक्षा से) अरे वही मीनी जी! कर ली है शादी एक डिप्टी से, तो शान ही नहीं मिलती, पर वाह रे मन्ना बाबू! (ज़ोर की साँस लेता है)

रहीम : सच कहते हो बाबा!

जानू : और नहीं तो क्या झूठ बोलता हूँ।

रहीम : बेचारे जान से भी ज्यादा मानते थे।

जानू : आये तो थे, बैठे रहे बहुत देर तक। दो लड़के साथ थे, तुम्हें पूछ भी रहे थे। थोड़ी देर और रुक गये होते तो देखा-देखी...

रहीम : अब क्या रखा है देखा-देखी में बाबा! हटाओ भी इन बातों को। बन जाए एक चिलम और, क्यों भोंदू भाई!

[इसी समय पीछे के दरवाज़े की जंजीर खड़कती है। खन्ना पुकारता है और जंजीर खड़खड़ाता है।]

खन्ना : (विंग से) जानू...अबे जानू...सुनता नहीं..., सो गया क्या रे।

जानू : मार डाला भोंदू तुमने! जल्दी करो, इस धुएँ को उड़ाओ! वर्ना ग़जब हो जाएगा।

[जानू तौलिया जल्दी-जल्दी हवा में चलाने लगता है। बाहर से आवाज़ आती है।]

खन्ना : (विंग से) मर गया क्या रे जानू...अरे रहीम, ओ रहीम... सब मर गये नालायक। आज फैसला करके छोड़ूँगा।

जानू : (दबी आवाज़ में) खोल बे भोंदू!...जल्दी कर...खोल!

[भोंदू दौड़ कर जाता है। जानू अपनी जगह पर पत्थर की तरह जम जाता है। रहीम भट्टी के पास पहुँच जाता है। भोंदू दरवाज़ा खोल देता है। बूढ़ा खन्ना कमर सीधी करते हुए प्रवेश करता है।]

खन्ना : तुम सब के सब हरामी हो, क्या कर रहे थे जो पीछे का दरवाज़ा बंद कर लिया था।

(आवाज़ लड़खड़ाती है। खन्ना स्टेज पर कमर सीधी करके इधर-उधर चलता है।)

: अरे तुम्हीं से पूछता हूँ जानू...बोलता क्यों नहीं...और तू रहीम...तू तो बड़ा ईमानदार बनता है न!...और तू बे भोंदू...इसीलिए रखा है तुझे...(नाक ऊपर करके कुछ सूँघता है) दम लग रही थी यहाँ,...बोलता क्यों नहीं...सब गूँगे हो गये नालायक...

(लौट कर कुर्सी पर बैठता है)

: कहाँ है रजिस्टर...जल्दी लाओ!

जानू : (रजिस्टर खोलते हुए) जी...आज का हिसाब यहाँ से है!

खन्ना : बस यही...केवल छै चाय और तीन समोसे ? (क्रोध में काँपते हुए उठ खड़ा होता है) लड़के-लड़कियों की ज़ुल्फ देखने को तो नहीं खोल रखा है यह चायघर। कम्बख्त चायघर न हुआ मुहब्बत करने वालों का अड्डा बन गया और तुम सब उसी जाल में...मैं खूब समझता हूँ। कौन है इतना बेवकूफ...मुझसे नहीं चल सकता ऐसा चिड़ियाखाना ...बिलकुल नहीं...

[झुँझला कर छड़ी टेकता हुआ बाहर जाता है]

(पर्दा गिरता है)

अँधेरी झाँकी

पात्र

बंशी

गजाधर

मटरू

सोमारू

साधो

माधो

जमुना

मैया जी

ठाकुर के दो साथी युवक

स्थान

गाँव का एक टूटा-फूटा घर

समय

रात के करीब दस-ग्यारह बजे

[मंच पर टूटे हुए मकान का एक कोना दिखाई देता है। इधर-उधर घास-फूस उगी हुई है, केवल एक घर मज़बूत है, जिसमें बाँस के टट्टर का दरवाज़ा लगा है। दरवाज़ा एक ओर को खुला है, जिससे कमरे के अंदर दोवट पर रखे हुए मिट्टी के दीपक से बहुत ही मद्धिम रोशनी उठ रही है। दरवाज़े से कुछ पीछे एक स्त्री टाँग फैलाए ज़मीन पर बैठी है; उसके हाथों पर उसका सिर टिका हुआ है। गहरा अंधकार छाया हुआ है। दीपक भी स्त्री के पीछे से थोड़ा बगल में है, इसलिए उसका चेहरा अथवा वस्त्र ठीक दिखाई नहीं पड़ते, केवल बालों की उलझी हुई लटें और खुले हुए कंधे का एक हिस्सा दिखाई पड़ता है। दूर से देखने वाले के लिए, वह केवल स्त्री की छाया मात्र है। लगता है, हल्के स्याह पर्दे पर कोयले से कोई ड्राइंग कर दी गयी है। कभी-कभी सामने कुछ दूर से तेज़ी के साथ कुछ लोग गुज़रते हैं और कभी-कभी उस ओर देखते हैं। प्राय: सब के सब किसी काम से आते-जाते दीख पड़ते हैं। किसी के सिर पर चारे का बोझ रहता है तो कोई झउआ या खाँची अपने सिर पर रखे रहता है। कभी-कभी दो-एक नवयुवक कुछ फुसफुसाते हुए गुज़रते हैं, और दरवाज़े की ओर देख कर धीरे-धीरे हँसते हैं और एक ओर विंग में जा कर कुछ बातें करते-करते अदृश्य हो जाते हैं। जमुना एक-दो बार जम्महाई लेती है, पर फिर कुछ सोच कर, अपने दोनों हाथों को अपनी टाँगों पर रख देती है, फिर एक हाथ से ज़मीन का सहारा लेते हुए, दूसरे हाथ से टट्टर पकड़ कर उठती है और बाहर आ खड़ी होती है, धीरे-धीरे टट्टर से सट जाती है।]

जमुना : कोई कितना भी परान दे, पर तुम्हें क्या? सबेरे के निकले हो न! सोचती थी दोपहर को आ जाओगे तो साथ ही बैठ कर खाएँगे पर दोपहर गयी, शाम गयी और इतनी रात हो आयी, अब भी कुछ पता नहीं। कितनी काली रात है, और कीरा-बिच्छी का दिन, कुछ तो खयाल करते... (एकाएक दिया बुझने को होना है। जमुना लौट कर दीवट के पास बैठ जाती है और बाती को खिसका कर जलाना चाहती है पर दीपक में तेल नहीं है।) तेल भी चुक गया। अब क्या करूँ, कहाँ जाऊँ? (उठ कर इधर-उधर देखती है) घर में तो तेल नहीं, बाहर किससे माँगने जाऊँ? सारा मुआ गाँव तो खाने को दौड़ता है। यह ब्राह्मण-ठाकुर तो जैसे भेड़िए हो, भेड़िए! कैसा टुकुर-टुकुर देखता है वह छोरा। बड़ा खेत वाला बना है, कहता था एक बार देखो तो रानी बना दूँगा। आओ न, झउँस दूँ लुकाठी से तुम्हारा मुँह!

[दरवाज़े पर लौट जाती है और फिर टट्टर के सहारे खड़ी हो कर बाहर देखने लगती है। दो-तीन युवक बाहर से गुज़रते हैं, एक-दूसरे को देख कर हँसते हैं, फिर एक गुनगुनाने लगता है।]

पहला युवक : गोरिया के अँखिया जैसे अमवा के फरियाऽया नकिया सुगनवा के ठोर!

दुसरा युवक : राह देख रही है राजा की, और राजा फँसे हैं जाल में। कहाँ छूटते हैं आज रात।

पहला युवक : यह तो खूब रही यार-क्या बात कही है! मुझे तो खयाल ही नहीं था। बड़ा नेता बना है साला। तरी से लौटेगा तो रात। क्यों न रात बीच ही में रोक लिया जाए और इधर माधो...क्यों माधो?

माधो : सूझ गयी! मैं तो दीवाना हूँ, लेकिन इस छोकरी की शान ही नहीं मिलती। बड़ी पत्तीबरता, सती-लक्ष्मी बनी है। अब क्या है। बापू तो भुने ही हैं साले पर, चलो!

[ज़ोर की आवाज़ दे कर 'फिर मिलेंगे रानी!' मूँछों पर हाथ फेरते हुए एक ओर विंग में छिप कर कुछ फुसफुसाते हैं, फिर चले जाते हैं।]

जमुना : क्या हालत कर दी तुमने मेरी। ब्याह किया तो इसलिए कि इज्ज़त भी नहीं बचाओगे? हाय राम, अब क्या करूँ? सारा गाँव दुश्मन तो था ही पर इस बिपत का क्या होगा? क्यों न रहने दिया मुझे भी दूसरी औरतों की तरह। मजूरी करती, ताने सहती, गाली सुनती, मजाक बनती पर आँखों में खटकती तो न दूसरों की। गाँव में दूसरी भी तो औरतें हैं। दिन भर काम करती हैं, गालियाँ सहती हैं पर शाम को रूखा-सूखा खा कर सो तो रहती हैं। क्या हुआ जो अपनी बिरादरी में तुमने कुछ पढ़-लिख लिया है। गाँव तो नहीं बदल जाएगा उतने से। तुम्हारे भाई ही तो रोज ठाकुरों का काम करते हैं। औरतें मुझे ताना देती हैं। जिनके लिए तुम परान देते हो वही...वही...

[सिसकियाँ लेने लगती है और टट्टर पर रखे हाथों पर माथा झुका देती है। विंग में फिर कुछ फुसफुसाहट सुनायी पड़ती है। एक बड़ी स्त्री जो गाँव में मैया जी के नाम से प्रसिद्ध है और जिसके बारे में गाँव की स्त्रियाँ बड़ी-बड़ी भय पूर्ण बातें कहती हैं, प्रवेश करती है। पीछे से कुछ फुस-फुसाहट होती है, लगता है कुछ लोग धीरे-धीरे बात कर रहे हैं।]

मैया जी : राम कहो...राम कहो बहू! का ऐसा काल पड़ा है रे जो बिलखाय-बिलखाय रोवत है। मैया जी तै जिअतै हईं न!

[पास पहुँच कर सिर थपथपाती है और हाथ पकड़ कर भीतर जाने की कोशिश करती है। जमुना एकाएक जैसे चौंक कर उसे देखती है। कुछ रुकती है, फिर आँचल फैला कर चरण छूती है। बूढ़ी आशीश देती है।]

मैया जी : दूधन नहाओ, पूत्तन फलो बहू!

(जमुना सिसक-सिसक कर रोने लगती है।)

मैया जी : बंसिया बड़ा बद हो गया है न बिटिया! कहो इतनी रात बीत गयी, फूल-सी बहू को छोड़ कर गया तो अभी लौटा भी नहीं, काम-धंधा छुड़ा दिया, हँसी-मजाक, बोली-

ठोली सब इसी उमिर में छूट गयी। बेचारी कुम्हलाय के जैसे सूखा पत्ता हो गयी। राम कहो बहू, आता है न अभी, तो आज बताती हूँ उसे।

जमुना : ऐसा न कहो मैया जी! रोज तो आ जाते हैं, आज ही देर हो गयी। कहीं कोई खेत जमींदार साहब ने जोत लिया है, वहीं पंचायत में गये हैं। पता नहीं क्या हुआ, सुना वहाँ झगड़ा-झंटा भी होने को है–कोई कह रहा था लाठी चलेगी।

मैया जी : (कानों पर हाथ रख कर) बाप रे बाप, तुमने पहले ही क्यों नहीं बताया कि वहीं गया है। मैं तो चली, वहाँ मार-पीट कर घर भी वे लोग आएँगे। मैं तो मरी, हरे राम...हरे राम... कहाँ आ फँसी इतनी रात, राम कहो बहू! राम कहो! (उठना चाहती है पर जमुना उसे पकड़ लेती है।) मुझे छोड़ो बहू! एक तो तित लौकी दूसरी चढ़ी नीम की डार पर, ठाकुर लोग बड़े बिगड़ैल हैं। मैं तो कब से सुन रही हूँ कि 'कभी झगड़ा कर के बंसिया का घर-दुबार फूँक दो।' जाने क्या कर बैठे? इनके अत्याचार का कोई ठिकाना है! इसी से तो मैं इधर कभी आती-जाती नहीं थी (एकाएक आवाज़ बदल कर) लेकिन बहू! जब से तुम्हें देखा है कभी धियान नहीं टूटा। सोचती थी ऐसी ही बहू कहीं मुझे मिलती तो फरा फूल तोड़ने को न कहती, पर भगवान की लीला को कौन क्या कहे? अपनी जात में इतना रूप किसे मिला है जमुना? और तू है कि उसे तिल-तिल कर जला रही है–अभी तो आगम बैठा है। न जाने किस दिन क्या हो जाए, इसे भगवान ही जानता है। इसी झंझट में तुम्हारी इज्जत...राम कहो...राम कहो...राम कहो बहू...राम कहो!

[फिर उठना चाहती है। जमुना उसके पाँव पकड़ लेती है...सिसकियाँ भरती है। बाहर शोर सुनाई देता है, कुछ लोग इधर-उधर भागने लगते हैं। जमुना भी उतावली हो उठती है और बूढ़ी के साथ बाहर जाती है।]

जमुना : मुझे भी ले चलो मैया जी! वहीं पहुँचा दो। न जाने क्या होगा

उनका? उन्हें जीता न छोड़ेंगे मैया जी। सारा गाँव जलता है, उनसे। मैं पाँव छूती हूँ।

(बूढ़ी को पकड़ लेती है)

मैया जी : (सिर हिलाते हुए) ठाकुर का लड़का बंदूक लिए दौड़ा जा रहा था। मैं का जानूँ कि वहाँ जा रहा है। कौन मरने जाएगा वहाँ बहू! राम कहो...राम कहो...

(चलने को होती है, दीपक भभक कर बुझ जाता है।)

जमुना : मैया जी मैं मर जाऊँगी, मुझे...(सिसकने लगती है)

मैया जी : जुलुम हो जाएगा बहू, छोड़ो न मेरी धोती...(क्षण भर रुकती है)

[सामने से कोई मशाल ले कर भागता हुआ आता है, उनके आगे कुछ रुकता है और फिर भाग जाता है।]

मैया जी : देखो बहू! इज्ज़त-पानी चाहती हो तो मेरे साथ भाग चलो अभी। हल्ला-गुल्ला कम हो जाएगा तो पहुँचा दूँगी, पर भाग चलो! मेरे घर चलो!

(बहू को पकड़ कर खींचती हुई दूसरी ओर विंग में जाने को होती है पर जमुना बराबर सिसकती है और रुकने की कोशिश करती रहती है।)

जमुना : कहाँ चल रही हो, कहाँ मैया जी...मैया जी!

मैया जी : (जमुना को खींचते हुए) राम कहो...राम कहो...बहू राम कहो!

[जमुना को ले कर चली जाती है। क्षण भर को मंच पर अंधकार छा जाता है।]

*

[हल्की रोशनी होती है तो वही पहले वाला दृश्य है। टूटे मकान का दृश्य बहुत सूना लगता है। घर का टट्टर वैसे ही खुला पड़ा है। वंशी दो आदमियों के कंधे पर हाथ रखे कराहता हुआ प्रवेश करता है। पीछे लाठियाँ लिए दो और आदमी हैं, एक के हाथ में मशाल जल रही है।

सबके चेहरे पर गहरी ख़ामोशी छाई हुई है। बंशी का

कपड़ा फट गया है। सिर से खून बह रहा हैं, उसका सिर एक ओर को झुका जा रहा है। वह रह-रह कर कराह उठता है।]

बंशी : जमुना...जमुना...! मुझे सबों ने धोखा दिया... धोखा... धोखा जमुना, पानी पिला दे!

गजाधर : मैं कह रहा था बंशी, उनके घर न जाओ, न जाओ! पर तुम माने नहीं, जब चार पंच के सामने हमारी बातें नहीं तय हो पायीं तो अकेले में तुम्हारी बात वे क्या मानते!

मटरू : अब तो जो होना था हुआ-कल की सोचो भइया! कल फिर उसी खेत पर हल चलाने आएँगे ठाकुर। हमारा बोया-बोआया खेत उलट कर गये तो हम कहीं के न होंगे।

गजाधर : कैसे चले जाएँगे यार! यह तो कहो आज ही हम चूक गये, वर्ना सब लाठी-बंदूक जमीन पर रखवा देते। क्या कहूँ, न रहा उस मौके पर, वर्ना सरन के लाले पड़ जाते बाबू लोगों को।

(बंशी रुक जाता है, ज़ोर से कराहता है। एक साथी उसका हाथ पकड़ कर दरवाज़े पर बैठा देता है।)

मटरू : (घर के टट्टर पर एक हाथ टिकाते हुए) अरी ओ जमुना भउजी...भउजी!

गजाधर : सो गयीं लगता है। बड़ी रात बीत गयी न। अरे भाई, तनी भीतरा घुस के देखो! किसी लोटे में पानी तो लाओ!

मटरू : (मशाल ले कर अंदर जाता है। इधर-उधर देख कर) गजब की बात है, इतनी रात गये कहाँ चली गयी जमुना!

गजाधर : जमुना नहीं है! (चौंक कर उठ खड़ा होता है) जरा वंशी को पानी पिलाना तो...

(अंदर से चारपाई ला कर बिछा देता है और बंशी को उस पर लिटाता है।)

बंशी : जमुना...पानी...पानी...

गजाधर : मुँह खोलो बंशी! लो पानी, मुँह खोलो...! (चारपाई के पास झुका रहता है)

बंशी : जमुना, जमुना, मेरी रानी! धोखा हो गया रे! मैं नहीं समझता था, बड़े लोग इतने कमीने होते हैं...आह! मेरी तो कमर ही तोड़ दी जमुना! (हाथ फैला कर पास वाले साथी के दोनों पाँव पकड़ लेता है।) जमुना! मेरी रानी! पानी पिला दे रे! (मुँह में पानी डालता है। बंशी हिचकियाँ लेता है फिर खामोश हो जाता है, वह घबरा कर उसके हाथ-पाँव सहलाने लगता है, सहसा चिल्ला पड़ता है।)

गजाधर : मटरू, अरे ओ मटरू! देखो क्या हो गया बंशी को! इसकी तो आँख ही उलट गयी-बोली बंद हो गयी।
(जल्दी-जल्दी माथा सहलाता है।)

मटरू : (दौड़ कर बंशी की नाड़ी देखता है) घबराने की बात नहीं, पानी लग गया है, अभी ठीक हुआ जाता है। लेकिन जमुना!

गजाधर : (मटरू के मुँह पर हाथ रख देता है) धीरे से बोलो, वर्ना, सुनेगा तो पागल हो जायेगा। (कानों के पास मुँह ले जाता है) बड़ा गड़बड़ लगता है भाई! कहीं कुछ...औरत की जात बड़ी कमीनी होती है। घर का दरवाजा भी तो खुला है!

मटरू : अच्छा तुम इसे देखो, मैं पता लेता हूँ। (उठ कर बाहर जाने को होता है फिर लौट आता है) उधर कहीं थोड़ी दारू मिल जाती तो इसे आराम हो जाता। बड़ी भितर घाव मारी है।

गजाधर : बंशी पियेगा? क्या अपनी मिट्टी खराब कराओगे यार! पर ठेकेवाले से कहोगे न कि बंशी को चोट आ गयी है तो वह एक के बदले दो बोतलें दे देगा, दो! (कुछ उत्साहित हो जाता है।)

सोमारू : का बात करते हो, कुछ समय का भी धियान है? चले हो सराब का इंतजाम करने। अरे इसे उठा-पुठा कर अस्पताल ले चलो, नहीं तो कहीं मर गया तो...

गजाधर : मर जाएँ इसके दुश्मन! देखना कल से यह भासन देगा, भासन और हम जो बदला लेंगे कि ठाकुर को छठी का

दूध याद आ जायेगा।

मटरू : क्या बात कही है गजाधर! देखो मैं पलक मारते हाज़िर हुआ। (जाते-जाते रुकता है) दो घूँट पिला दो, बस सब दर्द रफ़ा हो जायेगा।

सोमारू : (उठ कर बंशी का शरीर छूता है) बड़ा खून निकल गया है भाई! इसकी हालत अच्छी नहीं जान पड़ती, अस्पताल जाने का परबंध करना चाहिए।

गजाधर : अस्पताल से कुछ नहीं होने का। पानी-कूनी मिला कर मार डालते हैं डाक्टर! अरे जमुना जाने कहाँ चली गयी, वर्ना तेल-सेल लगा कर उठा देती इसे। देखो अभी दारू आयी जाती है। जहाँ दिया एक घूँट कि परान ब्यापा शरीर में।

सोमारू : लेकिन जमुना का पता तो लेना ही चाहिए। इतनी रात गये कहाँ भटकती होगी बेचारी। लगता है झगड़े की बात सुन कर तरी की ओर भागी है, पर वह कुछ जानती भी तो नहीं।

गजाधर : (मुँह पर हाथ रख कर, धीरे-धीरे बोलने का संकेत करता है।) तुम भी जा कर देखो; रुको, यह लालटेन तो ले लो! (अंदर से लालटेन ला कर जलाने लगता है, पर वह कुछ जल कर बुझने लगती है।) लगता है इसमें तेल नहीं है। अच्छा तो तुम ऐसे ही चले जाओ! इधर अगल बगल पूछना, किसी ने कहीं आते-जाते तो नहीं देखा। जरा जल्दी खबर करो!

(साथी की पीठ को हाथ से थपथपाता है। तीसरा साथी धीरे-धीरे बाहर की ओर जाने को होता है।)

सोमारू : (थोड़ा रुकते हुए) अच्छा मैं जाता हूँ, उधर ठकुराने जा कर ही पता लगा लूँगा!

गजाधर : (उठ कर किनारे जाता है और साथी को रोक कर) भाई मैं कह नहीं रहा था, वर्ना जो मेहरारू पर विश्वास करे उस जैसा मूरख कौन होगा। कई दिन माधो को घर का कावा काटते देखा, हँसते-मुसकाते देखा पर डरता था, कहीं

बंशी से कहूँ तो बिगड़ न जाए। क्या-क्या कहूँ? यह सब तो बड़ा किस्सा है, तुम जल्दी करो, जाओ! (हाथों से विंग की ओर संकेत करता है)

(एक ओर से सोमारू जाता है दूसरी ओर से मटरू चादर में दो बोतलें लपेटे अंदर घुसता है। उसके चेहरे का रंग कुछ अजीब-सा चढ़ा हुआ है, कुछ बेतुकी मुस्कान भी छायी है। बोतल पाटी के पास रख कर हँसता है। गजाधर जल्दी-जल्दी कपड़े को हटा कर एक बोतल बाहर निकाल लेता है और उसे ध्यान से देखता है।)

मटरू : (हँसता है) क्या देखते हो, पिला न दो बंशी को थोड़ा, और तुम्हारा ही है...(हँसता है)...जादू का ज़ोर है बंशी के नाम में...(हँसता है, हँसी टूट जाती है।) ठेकेदार कहने लगा जो चाहे ले लो, भला बंशी के लिए...(हो...हो...करके ज़ोर से हँसता है फिर सहसा गंभीर हो जाता है।) कह रहा था, अभी ठाकुर के घर भी दो बोतलें गयीं हैं, पर मैंने दाम पहले ले लिया। वह जो छोकरा है न ठाकुर का, बाप से डरता है, इसलिए पैसा पहले ही भेज देता है। मैया जी का भोदू आया था लेने, पर कुछ समझ में नहीं आया...(टूटी हुई आवाज़ में) जाने भी दो यार, अपने से क्या, क्यों गजाधर? कहाँ मिलती है, वर्षों तो बीत गये!

(हँसता है, गजाधर के आगे से बोतल उठा कर दो घूँट पी कर फिर रख देता है। गजाधर झपट कर बोतल उठाता है और पूरी साफ़ कर देता है।)

गजाधर : ठेकेदार ने छना भी दी है मटरू उस्ताद! (हँसता है, पर एकाएक रुक कर बंशी का माथा छूता है।) कुछ गर्मी तो आ गयी...

मटरू : गर्मी...! (हँसता है) अरे संजीवनी बूटी है बेटा! मुर्दे के मुँह में पड़ जाए तो जी उठे एक बार, यह तो आदमी है। (हँसता है) ठेकेदार कहने लगा भैया, तुम थके हो, दो घूँट पी न लो! साले सब डरने लगे हैं अपनी गोल से, चाहे वह ठाकुर हो, चाहे परजा! बंशी भैया की क्रांतिकारी पाल्टी

का क्या कहना...(हँसता है फिर रुक कर मूछों पर ताव देता है।) क्या गभड़ू छोकरी है ठेकेदरवा की, देख कर मन लहक गया, बिल्कुल अपनी जमुना!...जमुना...

(माथे पर हाथ रख कर चुप बैठ जाता है। बंशी कराहता है और चारपाई पर हिलता है।)

बंशी : जमुना...जमुना...(पुकारता है, फिर चुप हो जाता है।)

गजाधर : (हँसता है) जमुना!...जमुना...मैं खूब जानता हूँ, खूब! आदमी को देख कर नाक-मुँह फुलाती थी रानी! (हँसता है)

मटरू : क्या कहा...क्या...? (बिगड़ता है)

गजाधर : कुछ नहीं यार। (व्यंग्य से हँसता है) गयी होगी माधो के पास और क्या? मैं सब जानता हूँ, सब!

मटरू : (धीरे से बोलता है) तुम नीच हो...तुम दुश्मन हो...तुम कायर हो...जमुना बहादुर है...जमुना नेक है...जमुना परान दे देगी लेकिन यह नहीं हो सकता...नहीं...(उठता है)

गजाधर : सती-सावितरी है, सीता है, सुलोचना है! (हँसता है) मैंने कहा, भर मुँह बोल तो दिया करो जमुना, हमीं लोग काम आएँगे पर उसके तो नखरे ही...

मटरू : (कुछ गम्भीर हो कर) अब चुप रहो गजाधर, वर्ना दाँत तोड़ दूँगा तेरे। और बे-दाँत का बूढ़ा हो कर...बूढ़ा हो कर... (हँसते-हँसते उठ खड़ा होता है) उसी नीच जमींदार की तरह दिखेगा (फिर हँसता है और बेदाँत के आदमियों की तरह खाने का अभिनय करता है।) जब तू खाना खाएगा तो तेरा मुँह उसी तरह चलेगा पर तू गरीब किसानों का खून तो नहीं पी सकेगा। हो सकता है तू भी वैसा ही हो जाए! (गजाधर की ओर झपटता है) तब मैं तेरा गला ही दबोच दूँगा।

(गजाधर के गले में हाथ डाल देता है। लेकिन सहसा गजाधर खीस काढ़ देता है। मटरू रुकता है फिर जैसे कुछ सोच रहा हो।)

: तू मर जाएगा तो क्या होगा? फिर कल मेरी बगल कौन खड़ा होगा। (उसे पीछे झोंक देता है) बोलता क्यों नहीं, बोल!

(गजाधर एक ओर को धम से बैठ जाता है)

गजाधर : मार डालो! गला दबा दो। जो चाहो करो भैया पर माधो साला तो ले ही गया जमुना को। मैं जानता था, एक लट्ठ दे पाता साले की पीठ पर...एक...

मटरू : खा ले मन की मिठाई अहमक तो लट्ठ देना पीछे। ऐसा ही मरद है तो चल...उठ...उठ...

(गजाधर का हाथ पकड़ कर उठता है।)

गजाधर : (कुछ सोचते हुए) अच्छा चल, देख मेरी कूबत...

(लाठी उठा लेता है और दोनों लड़खड़ाते हुए एक ओर जाते हैं। बंशी कराहता है 'जमुना...जमुना पानी...पानी...' पर कोई उत्तर नहीं मिलता। गहरा अंधकार छा जाता है। एक स्त्री लकड़ी के सहारे कराहते हुए मंच पर आती है। बंशी के आगे क्षण भर को रुकती है। बंशी कराहता है।)

बंशी : जमुना, मेरी जमुना...जमुना...

(स्त्री परेशान सी उसकी ओर क्षण भर देखती है।)

स्त्री : नहीं...नहीं...अब नहीं...नहीं...(चीखती और सिर हिलाती हुई अदृश्य हो जाती है।)

(पर्दा गिरता है)

+

मैं हारूँगा नहीं !

पात्र

श्याम

रजनी

मुन्नी

मुनीम जी

धोबी

जलेबीवाला

दो छोटे बज्जे

समय

सात बजे सुबह

स्थान

निम्न-मध्यमवर्गीय परिवार का एक कमरा

[पर्दा उठने पर एक मामूली निम्न-मध्यमवर्गीय महत्त्वाकांक्षी युवक श्याम का कमरा दिखाई पड़ता है। वह लेखन से रोज़ी कमाता है। कमरे में बाँस के तीन-चार रैक हैं, जो काफ़ी पुराने दिखाई पड़ते हैं, उन पर अख़बारों में छिपी हुई पुस्तकें सजा कर रखी गयी हैं। एक बाँस कुर्सी और एक टेबिल बगल में पड़ा है, जिस पर गिलास में दो-चार फूल सजे हैं। दीवार के किनारे, ठीक सामने एक ढीली-सी चारपाई पड़ी है, जिस पर एक सफ़ेद चादर बिछी है। चारपाई की बगल में एक कुर्सी और एक टेबिल है, जिस पर एक ओर कुछ किताबें रखी हैं-कलम, दावात और कागज़ दूसरी ओर। खिड़की पर पुरानी साड़ी का फटा हुआ पर्दा लगा है।

दीवार में जो रैक है, उसमें कुछ पत्र-पत्रिकाएँ और पुराने अख़बार रखे हैं। रैक के ठीक बगल एक कलेन्डर टँगा है, किताबों वाले टेबिल की बगल में एक ओर खिड़की है, जिससे हल्की धूप कमरे में प्रवेश कर रही है। अभी-अभी सुबह हुई है। कुर्सी पर जो अधेड़ व्यक्ति बैठा है, उसकी उम्र तीस से अधिक नहीं है, पर गाल पिचके हैं और दाढ़ी बढ़ी हुई है। उसके बाल तेल-पानी में भींगे हैं जो कंघी से चिपका दिये गये हैं। लगता है, वह नहा कर अभी-अभी कुर्सी पर बैठा है।

उसके ठीक पीछे, कमरे का दूसरा दरवाज़ा है, उस पर एक पुरानी साड़ी के पर्दे की बुरी हालत है। उस दरवाज़े से बार-बार धुएं के गुबार आ कर कमरे में फैल जाते हैं और युवक अपने हाथ की कलम टेबिल पर रखकर दोनों हाथों से माथा थाम कर बैठ जाता है। पर जैसे ही धुँआ ख़त्म

होता है, वह फिर कलम उठा कर फाइल बोर्ड की ओर देखने लगता है, जैसे कुछ लिखना चाहता हो।

कमरे के पीछे जहाँ से धुआँ आ रहा है, कभी-कभी बर्तनों की आवाज़ और बच्चों की चीख-पुकार सुनाई पड़ती है।]

एक बच्चा : (पर्दे के पीछे से) माँ मेरे स्कूल का समय हो गया, जल्दी कर दो माँ! एक प्याला चाय ही दे दो...देखो माँ, मुन्नी ने मेरी रोटी छीन ली!

रजनी : (स्पष्ट आवाज़ में) वे कुछ लिख-पढ़ रहे हैं, ज़रा खामोश रहो, क्यों शामत आ गयी है, तुम लोगों की। (फिर चट्...चट् झापड़ रसीद होने और बच्ची के ज़ोर से चिल्ला कर रोने की आवाज़ आती है।)

रजनी : न जाने कहाँ से राक्षस जनम गये हैं मेरे घर। पेट क्या है, भड़साय है सबों का।

(फिर चट्...चट् की आवाज़ के साथ कोई बच्चा धम् से ज़मीन पर गिरता है।)

रजनी : लो मरो! कह रही थी न कि एक ही प्याली चाय की चीनी है, अब क्या अपना हाड़ डाल कर ले जाऊँ उनके आगे? नहा-धो कर बैठे तो है...

(श्याम कमरे में टहलने लगता है। बार-बार दोनों हाथों को बजाता है, इधर-उधर झिटकता है, माथे को छूता है, फिर खिड़की के पास जा रोशनी की ओर देख कर बड़े ज़ोर से हँसने लगता है।)

श्याम : क्या खूब...इसी की तो खोज थी...कब से तुम्हारी कल्पना में तड़प रहा था...पर तू आ ही कर मानी। कहते हैं, जिन खोजा तिन पाइयाँ। अब देखूँ बेटा दमड़ीलाल किस बहाने पर मेरा पत्ता काटते हैं। 'रोमान्स नहीं, प्यार नहीं, सुबह की थिरकती हुई किरनें नहीं, रात की मदहोशी नहीं, लचकती हुई और चहकती हुई आँखें-कुछ तो नहीं ला पाते श्याम जी आप अपनी कहानी में', हूँ : (एक हाथ से सिर को पीट लेता है।) अब देखता हूँ, तुम क्या फ़र्माइश करते हो। (हाथ से इशारा करता है।)

[पीछे के कमरे से एक अधेड़ स्त्री, जिसे रूपवती नहीं कहा जा सकता है, साधारण कपड़े पहने, झपट कर कुछ अजीब तरह से मुस्कराती हुई प्रवेश करती है।]

रजनी : मैं कहती थी, मुझे न जाने दो! एक ही महीने में कैसी हालत हो गयी। सुबह ही सुबह आओ! चली आओ! आ जाओ! काम-धन्धा छोड़ कर तुम्हारे आगे बैठी रहूँ? चार-चार बच्चे हो चुके मुन्नी के पापा! अब तो थोड़ा धीरज धरो! (शर्माती है) घर में सहेलियाँ आती थीं तो बहुत परेशान करती थीं। 'रजनी की देह ही यहाँ है, मन तो कहीं रख आई है बेचारी। हरदम खोई रहती है। कभी काम करती है तो हाथ एकाएक ठहर जाते हैं। कभी देखती है, तो देखती ही रह जाती है।' और न जाने क्या-क्या कहती थीं सब। और सुना, ए जी! मेरी ओर तो देखो!

(श्याम बाहर देखता रहता है। गुस्से से उसका शरीर काँपता है पर वह उसी तरह देखता जाता है, रजनी दो कदम आगे बढ़ती है पर रुक जाती है।

: बस रूठ गये, इतनी-सी बात के लिए। मैं तो आ ही रही थी पर बच्चों ने परेशान कर दिया। मैं तो चाहती हूँ, बस देखती रहूँ...लेकिन क्या करूँ, किस्मत ही ऐसी बना दी है भगवान ने कि जिसे दिल में छिपाये रहने की इच्छा होती है, वही...वही..., देखो तो! मेरी ओर देखो! तुम नाराज़ हो गये! (आगे जा कर श्याम से सट जाती है, उसका हाथ पकड़ कर खींचती है।) आखिर वे भी तो तुम्हारे ही बच्चे हैं न; न देखूँगी, न खाना दूँगी, तो कौन उन्हें पूछेगा? मान जाओ, देखो तो! (श्याम खिड़की के जँगले को पकड़ कर उससे सट जाता है, रजनी उसे खींचती है।) एक दिन तो माँ कहने लगीं, 'बेटी रजनी! तेरह बेटियों में तू ही एक ऐसी भाग्यवान थी कि कुल-परिवार की इज़्ज़त बनाये रही, वर्ना शादी तो मैंने सब की समय ही पर कर दी थी, पर एक का पति लँगड़ा हो गया तो दूसरे के पति ने मेम रख ली, तीसरी पति को ज़हर दे कर भाग गयी और क्या-

क्या गिनाऊँ...' कह रही थीं कि 'तुम, तुम,...' मैं नहीं जी, 'तुम बड़े भले हो, नामी हो...'

(श्याम हाथ छुड़ा कर लौटता है और कुर्सी में धँस जाता है।)

: बापू अब बहुत खुश हैं तुमसे, अब वे बातें नहीं रहीं। शराब तो उन्होंने छोड़ ही दी। माँ को कभी नहीं मारते-पीटते... तुम्हारी भी बड़ी तारीफ...

[श्याम उफ़् करके हाथों से माथा टेक लेता है। मुन्नी जिसकी उम्र 1० साल की होगी, एक टूटे प्याले में चाय ले कर आती है और छोटा किशोर पीछे-पीछे उसकी साड़ी का पल्ला पकड़े आता है, फिर सहसा श्याम की बाँह पकड़ कर उचकता है, पर श्याम उसे गोद में नहीं लेता। मुन्नी टेबिल पर चाय रख कर बगल खड़ी हो जाती है।]

किशोर : (कुर्सी को पकड़ कर चढ़ते हुए) पापा! पापा! वह जो बूढ़ा था न! वह हमें गाली देता था, माँ को कहता था...माँ को...

रजनी : (किशोर की बाँह पकड़ कर अलग करते हुए) क्या खड़ी मुँह देख रही है मुन्नी, अब स्कूल नहीं जाना है क्या रे! ले जा इसे बाहर! सबेरे-सबेरे तुम लोग आ कर जम गये इसी कमरे में।

[मुन्नी किशोर को ले कर जाना चाहती है पर वह रोने लगता है।]

: अरे उठा ले मुन्नी! कहाँ की रानी है जो इज्ज़त घट जाएगी। अब वह छोटा-सा बच्चा...

[मुन्नी बच्चे को गोद में उठाती है, वह चिल्लाता है पर मुन्नी उसे ले कर पीछे के कमरे में घुस जाती है, वहाँ वह लगातार रोता है। मुन्नी बच्चे को छोड़ कर तुरन्त वापस आती है और पर्दे के पास खड़ी हो जाती है।]

मुन्नी : (प्रवेश करते हुए) चूल्हे पर पानी गरम हो गया है, पर न दाल है, न चावल ही, क्या छोड़ूँ उसमें?

श्याम : (मुन्नी की ओर देखता है, फिर सहसा कुर्सी छोड़ कर उठ खड़ा होता है।) मुझे एक झोला तो देना मुन्नी बेटी! देखो वहीं कहीं खूँटी पर टँगा होगा।

[उठ कर पीछे के दरवाज़े तक जाता है और अन्दर ही की ओर मुँह किये खड़ा रहता है।]

मुन्नी : झोला तो नहीं मिलता पिता जी। मैंने सारा घर छान डाला।

रजनी : वह तो मालूम है मुझे, कोई जा कर हाथ में थमा दे कि इसे पिता जी को दे आ, तो फौरन मिल जाएगा। इसी पर तो सब कहते थे वहाँ कि लगता है बाप लड़की का बड़ा दुलार करता है। सुनो जी! (श्याम के पास तक जाती है।) जब स्टेशन से हम लोग गाड़ी में बैठे न, तो मेरी ही बगल में एक अच्छा, खासा जवान बैठा था–बड़ी देर तक तो मैं चुप रही, सोचती थी अब तुम क्या करते होगे, अब क्या, फिर अब क्या, फिर सोचने लगी, इधर तुमने खूब सारा लिखा होगा। घर में बड़ी शान्ति थी न! तो हाँ, कुछ देर बाद वह पूछने लगा,...वही जो आदमी बैठा था, 'यह आपकी छोटी बहिन है क्या?' इस पर मुझे खूब हँसी आयी। वह भी हँसने लगा, फिर 'हो...हो' करके कहने लगा, 'समझ गया, समझ गया, पर आपकी उम्र तो अभी बहुत कम मालूम होती है', फिर...

श्याम : (चिढ़ कर) मुन्नी कोई दूसरा ही कपड़ा दे दे! वर्ना देर हो जाएगी तो स्कूल कैसे जाओगी?

मुन्नी : (फटी धोती का टुकड़ा देते हुए बहुत उदास हो कर) मैंने तो चाय पी ली है पिता जी, फिर अभी तो लौट कर आना है न! हाज़िरी दे कर चली आऊँगी! माँ कहती हैं...

रजनी : हाँ जी! यहाँ भी लोग बहुत समझा रहे थे कि जनम भर पढ़ाती ही रहोगी बेटी को? बारह साल की तो हो ही गयी। दो–एक साल में दूसरे के घर जाएगी, कुछ चूल्हा–चक्की भी तो सिखा डालो। सो सोचती हूँ अब इसका पढ़ना बन्द ही करा दिया जाए, क्यों? फिर खर्च भी कुछ ज़्यादा पड़ जाता है। बस से न भेजने पर फीस और कपड़े–लत्ते तो

लग ही जाते हैं। (मुन्नी सिर नीचे कर लेती है। श्याम उसकी ओर देखता-देखता उसके पास जाता है और उसकी ठुड्डी उठा कर आँखों में देखता है।)

श्याम : चलो मुन्नी बेटी, चलें! बाहर तुम्हें कुछ खाने को दिला देंगे। लौटना मत। घर का काम...(श्याम की आवाज़ भारी हो जाती है और मुन्नी भी अपने हाथों से आँखें पोंछने लगती है।)

मुन्नी : नहीं पिता जी! अब मैं नहीं पढ़ूगी! (रोने लगती है।)

रजनी : शुरू हो गये नखरे मुन्नी! मैं जानती थी तुम नाटक रचोगी और वही हुआ। चलो उठाओ किताब और निकलो घर से। तुम्हें कौन ज़हर दे रहा है जो डभर-डभर रोती जा रही हो। बाप कालेज-युनिवर्सिटी भेजेगा तो कौन रोक देगा!

श्याम : कहाँ हैं किताबें बेटी! (इधर-उधर घूमता है। एक रैक से दो-तीन किताबें, कापियाँ और स्केल-ड्राइंग-बाक्स उठा कर हाथ में ले लेता है।) चल बेटी, चल! अभी कितने दिन की हुई है तू। बकने दे लोगों को! मैंने तो कभी सोचा भी नहीं कि तू लड़की है।

रजनी : (बिगड़ कर) इसी से तो मेरा कहना नहीं मानती, तिल्ली भर मुझे नहीं जोरती, तिल्ली भर...

जलेबीवाला : (पीछे से आवाज़ लगाता है।) जलेबी वाला है! गरम जलेबी, ताजी है...। (अपना थाल उतार कर रखता है।) बहू जी? ओ बहू जी! (ज़ोर से आवाज़ देता है।) (रजनी आवाज़ सुनकर थोड़ा बेचैन होती है।)

रजनी : (घबराहट से) जाओ न, कि बस मुन्नी ही को खाना है। बच्चे कभी से भूख-भूख चिल्ला रहे हैं। कैसे परान बचेगा इस घर में बाबा! एक महीने के लिए छोड़ कर क्या गयी, सत्यानाश हो गयी सारी गृहस्थी। आखिर करते क्या रहे अब तक जो चावल-दाल के लिए भी नहीं लिख सके। क्या मर गये सब संपादक? आग लग गयी अखबार वालों के घर में!

[जलेबी वाला फिर आवाज़ देता है, 'बहू जी! बहू जी! अरे ओ बहू जी।]

: जाओ भी! जल्दी करना, कहीं कवि विदेशी के यहाँ न बैठ जाना, वर्ना बीबी के किस्से ही सुनते रहो!

[श्याम उसे देखता है, फिर मुन्नी की बाँह पकड़ कर जाता है। रजनी तेज़ी से दूसरे विंग की ओर जाती है, तब तक जलेबी वाला अन्दर आ जाता है।]

जलेबीवाला : कोई धूर-माटी नहीं तौलते रहे हैं बहू जी! जो छै महीने हो गये और हिसाब देने का नाम नहीं लेतीं। बार-बार कहा कि महीने-महीने दे दीजिए पर कौन मानता है। अब तो मैं ले ही के उठूँगा।

रजनी : थोड़ी-सी तमीज़ से बात करो जी! तुम कहाँ चढ़ आये हो। बार-बार मना किया कि जब कोई रहे तो मत आवाज़ लगाया करो, पर तुमको क्या? जानते हो शरीफ़ों के घर...

जलेबीवाला : जानता हूँ वह जी! बड़े-बड़े शरीफ़ों को देखा है। मुझसे बात न बनाइए। घर में भुँजी भाँग नहीं। अपनी इज्ज़त आप रखिए, मेरा पैसा मुझे दीजिए। धीरे-धीरे आज छै महीने हुए। बाज़ार से सौदा मोल ले कर हम सामान बनायें और इस तरह उधार बेंचते फिरें तो भले बने।

रजनी : बहुत हो गया, अब निकल जाओ हमारे घर से, वर्ना...वर्ना...

जलेबीवाला : वर्ना-फर्ना हम नहीं जानते। आज तो पैसा चाहिए ही हमें। औरतों की बनरघुड़की बहुत जानता हूँ।

रजनी : मैं कह रही हूँ तुम अभी चले जाओ! वर्ना वे आ जाएँगे...

जलेबीवाला : वे क्या करेंगे हमारा? कोई चोरी तो की नहीं हमने! उल्टा चोर कोतवाल को डाँटे! एक-दो रुपये नहीं है बहू जी! नब्बे और पाँच पंचानबे होते हैं, मेरे हिसाब में!

रजनी : पंचानबे! (माथे पर हाथ रख लेती है।) हाय राम, पंचानबे...

जलेबीवाला : और क्या एक-दो? दोनों वक्त मिठाई-चाट। एक-एक दिन डेढ़-डेढ़ रुपये का तो खाती थीं। अब सब झूठ हो गया।

रजनी : बिल्कुल झूठ, सरासर झूठ। मैं तो नहीं देती एक भी पैसा! (पीछे को मुड़ती है।)

जलेबीवाला : ठीक है, आज बाबू जी से पूछ लूँ, तो कचहरी तो हयी है। वहीं जा कर फैसला होगा।

रजनी : मैं कह रही हूँ तुम चले जाओ!

जलेबीवाला : मैं तो नहीं जाता!

रजनी : (सहसा आवाज़ बदल लेती है।) तुम कैसे हो गये जी! (मुस्कराती है।) कभी तो कहते थे, 'बहू जी! कौन रुपया माँगता है आप से!' और बचा-बचा कर गरी की बर्फी रख जाते थे। आज क्या हो गया है?

जलेबीवाला : कहती तो थीं कि दस ही दिन में लौटेंगे और लगा दिया एक महीना। मैं औरतों को जानता हूँ। अब मुझे धोखा नहीं दे सकतीं। रुपये कोई मुफ़्त में तो नहीं आते? मर-जर कर कमाते हैं हम लोग, ऊपर से इतनी घुड़की तो नहीं सह सकते। हमारा हिसाब सफ़ा करो। तुम अपने रास्ते, हम अपने रास्ते!

रजनी : तुम क्या जानो औरतों का दिल! जब से गयी हूँ बस तुम्हारे ही ऊपर मन लगा रहा। क्या करती, माँ ने आने ही नहीं दिया। मैंने तो बार-बार कहा।

जलेबीवाला : जो भी हो, अब मुझ से नहीं चल सकता। कोई एक ही बार की बात तो नहीं। क्या कहती हो और क्या...

रजनी : मैं कहती हूँ एक बार मुझे और देख लो। मैं ऊब गयी हूँ, सच मानो, रात दिन की किचकिच सहते-सहते मेरा कलेजा छलनी हो गया। आज नमक नहीं तो कल दाल नहीं। बस रात-दिन...

[श्याम एक ओर से प्रवेश करता है, रजनी आवाज़ बदल लेती है।]

रजनी : भाई दो-चार दिन की तो बात है। देखो ये आ गये न कल ही परसों में इन्तज़ाम हो जाएगा रुपयों का, आज बस दस रुपये दे दो!

श्याम : हाँ भाई, एकाएक बड़ा झंझट आ गया। तुम इन्तज़ाम कर सको तो दस-बीस रुपये हमें दे दो! जल्दी ही दे देंगे! आज कई जगह गया पर कोई काम नहीं बना। बड़ी बच्ची की फीस देनी है। दूसरी बच्ची भी बुखार में है। कोई प्रबन्ध कर सको तो बड़ी कृपा होगी।

जलेबीवाला : (रजनी की ओर देखता है, रजनी आँखों से इशारा करती है।) यह पाँच रुपये तो होंगे बाबू जी! पाँच घर से ला कर दे दूँगा।

श्याम : बहुत-बहुत धन्यवाद! निश्चिंत रहना, दो ही तीन दिन में लौटाऊँगा इसे। बड़े मौके पर काम आये हो भाई, मैं कभी नहीं भूल सकता!

जलेबीवाला : कोई बात नहीं बाबू जी!

[खोमचे को उठा कर बगल में दबाता है और थाल सिर पर ले कर विंग में लौटता है, श्याम उसे देखता रहता है।]

श्याम : (कृतज्ञतापूर्ण दृष्टि से रजनी की ओर देखता है।) तुम तो आज भगवान हो गयीं रजनी! सवेरे निकला तो कोई दोस्त बाकी न होगा, जहाँ चक्कर न लगाया हो पर एक पैसे का भी इन्तज़ाम करना मुश्किल हो गया। मुन्नी को स्कूल छोड़ कर चला तो कह आया था कि बहुत जल्दी कुछ खाने को दे जाऊँगा, पर घर लौटते हुए लगा कि क्यों न मर गया वहीं ही, जो भूखी बेटी को स्कूल छोड़ कर चल रहा हूँ।

रजनी : इसी से तो कह रही थी कि नाहक परेशान होते हो, आखिर कब तक फीस भरोगे। क्या ऐसा काम है पढ़ाने को!

श्याम : तुम नहीं समझती रजनी! वह क्या जानती है कि पिता जी भूखों मर रहे हैं। नौकरी नहीं, पैसा नहीं है। कल को वही कहेगी...

रजनी : खाक कहेगी। चढ़ा लिया है सिर तो भुगतो!

श्याम : इसे भुगतना कैसे मान लूँ रजनी! तुम तो ऐसी बात करती हो जैसे वह पराई हो!

रजनी : (कुर्सी खींच कर बैठ जाती है।) तो लो, मैं नहीं कुछ कहती बाबा! जो समझो करो. कह तो आये हो खाना पहुँचाने के लिए, कहाँ से लाऊँ खाना। तुम भी तो वैसे ही रह गये तब से।

श्याम : मेरी बात कहती हो रजनी! वह तो दूर की है, सोचता हूँ जब तक हूँ तब तक तो इनके आँसू पोंछता रहूँ।

रजनी : नहीं, फिर तो मैं हूँ ही भुगतने के लिए, क्यों? ठीक कह रही हूँ न! बेकार बकते चले जाते हो। ज़रा अपनी हालत तो देखो शीशे में।

श्याम : अपनी हालत क्या देखूँ रजनी! जब देखता हूँ कि बच्चों का फूल-सा मुँह कुम्हला कर सूख गया है तो कलेजा फट जाता है। देखा है कभी तुमने मुन्नी को ध्यान से? कुंदन-सी दमकती हुई देह थी उसकी और आज स्कूल जाते समय उसके पाँव लड़खड़ा रहे थे...आँखें बंद हुई जा रही थीं।

(रजनी की कुर्सी का हत्था पकड़ कर सँभलने की कोशिश करता है और फूट-फूट कर रोने लगता है।)

रजनी : बस-बस मुन्नी के पापा! (उठ कर सिर को ऊपर करने की कोशिश करती है, पर श्याम उसी तरह हाथों से माथा थामे रहता है।) इस तरह तो मरने के अलावा कुछ भी नहीं हो सकेगा। इस कुर्सी पर बैठो। शायद मेरे डिब्बे में बासी पूड़ियाँ हों, देखती हूँ, खुद भी खा लो और मुन्नी के लिए भी लेते जाओ!

[अन्दर जाती है, पर जाते-जाते श्याम की ओर देख एक बार मुँह बनाती है, फिर जैसे खीझती हुई चली जाती है और पूड़ियों का डिब्बा ला कर मेज़ पर रख देती है, फिर जा कर थाल और नमक लाती है।]

रजनी : लो, कुछ खा-पी कर थोड़ा सामान तो खरीद ही लाओ, वर्ना शाम भी वैसे ही कट जाएगी।

श्याम : (थाल की पूड़ियाँ देखता है, फिर उसका मन कुछ खाने को नहीं होता।) रहने दो, रहने दो रजनी! सवेरे दे दिया होता तो मुन्नी ऐसे ही स्कूल न जाती...

रजनी : बाप रे बाप, तो फिर यह भी हमारा ही दोष हो गया। कोई दुधमुँही है वह? ले क्यों नहीं लिया, मैंने मना तो नहीं किया था पर रानी जो है वह। क्यों खाने लगी बासी पूड़ियाँ!

श्याम : अब मैं क्या कहूँ?

रजनी : (टहलती है।) कहोगे क्या जी! जब से आयी हूँ तुम्हारे घर मर गयी गृहस्थी में पिसते-पिसते। उधार-बाढ़ी, दूसरे के आगे हाथ फैलाना, यह तो तुम्हारी रोज़ की आदत है और मैं भी कुछ कम बेहया थोड़े हूँ; मिठाई वाले से भी रुपये माँगने पड़े।

श्याम : (बिगड़ कर) तो क्या हो गया रजनी, आदमी के दिन हमेशा बराबर नहीं रहते! आखिर मिठाई वाला भी तो आदमी है। कहाँ हम इतने इज़्ज़त वाले हैं जो...

रजनी : उसे जानवर तो मैं नहीं बना रही। आदमी भी कहीं जानवर होता है?

श्याम : तुम क्या जानो, अभी घर की चहारदीवारी में दुनिया ऐसी ही मालूम देती है रजनी! वह सेठ का मंत्री दमड़ीलाल भी तो एक आदमी है। बस इस बात पर तुला रहता है कि कम्पनी के लिए कहीं मेरे नाटक सेठ जी न ले लें। कहता है, 'न प्यार है, न प्यार की बातें श्याम जी! कहीं कम्पनी इस तरह के नाटक खेल कर जी सकती है!' महीने भर से दौड़ रहा हूँ, पैर तो घिस गये उसकी देहरी के चक्कर काटते, पर पत्थर का देवता है, आदमी नहीं!

रजनी : तो प्यार की बात क्या छूत की बीमारी है जो उनसे बचते हो! उसके लिए प्यार की बातें क्यों नहीं लिखते?

श्याम : कैसे लिखूँ, क्या लिखूँ? यह तो वही बताता है, जिसका पेट कम-से-कम आधा तो भरा ही हो! इसलिए इसे वही लिख भी सकता है, जिसने कम-से-कम आधा पेट खाया हो। बच्चों का खाना तक तो (रुकता है) अरे हाँ, मैं तो बातों ही में फँसा रह गया। मुन्नी के लिए खाना...

[जल्दी-जल्दी अखबार में पूरियाँ लपेट कर बाहर निकलने को होता है।]

रजनी : तो सामान लेते आना उधर से, सुन रहे हो न!

[श्याम जाता है, रजनी उसी कुर्सी पर बैठते-बैठते एक बार गहरी खीझ का प्रदर्शन करती है, तभी अंदर से नन्हा बच्चा रोता-रोता प्रवेश करता है।]

रजनी : क्यों रो रहे हो, किसलिए रो रहे हो? (बच्चे की बाँह पकड़ कर उठाने की कोशिश करती है पर वह और ज़ोर से रोने लगता है।) खाना चाहिए न! तो खा क्यों नहीं जाते मेरा शरीर, उफ़् (हाथों में मुँह छिपा लेती है, बच्चा रोता रहता है और भीतर से दूसरे बच्चे के कराहने की आवाज़ आती है, माँऽ...माँऽ...) मैं पागल हूँ...मैं सचमुच पागल हूँ...यह सब झूठ है; कुछ नहीं, कोई नहीं, लेकिन ये बज्जे! (बज्जे को उठा कर गोद में लेती है, दोनः हाथ से उसका चेहरा पकड़ कर चूमने को होती है पर एकाएक रुक जाती है।) मेरे हैं ये, मेरे तन से जन्मे हैं? मैंने पैदा किया है इन्हें...मैंने? (ध्यान से बज्जे को देखती है।) नहीं, नहीं, बिलकुल नहीं, यह मेरे शरीर के अंश मात्र हैं, जैसे फोड़े-फुंसी। (बच्चे को उतार कर नीचे छोड़ देती है, उठ कर इधर-उधर टहलने लगती है।) ज़िन्दगी क्या हो गयी राम! (माथा पकड़ लेती है।) मैं अपने कर्मों का फल भोग रही हूँ, राकेश! काश तुम मुझे देखते! इस मिट्टी की काया से कितना प्रेम था तुम्हें। तुमने कभी नहीं जाना मुझे, मेरी बुराइयों को, मेरे चरित्र को, उफ़्, मैं धोखा देती रही तुम्हें और उसका नतीजा भोग रही हूँ, आज...

[दरवाज़े पर दस्तक होती है, फिर कोई ज़ोर से पुकारता है।]

मुनीम : अरे श्याम जी है! श्याम जी!

रजनी : क्यों इतना गला फाड़ रहे हैं, (ज़ोर से दरवाज़ा खोल देती है।) क्या बात है?

मुनीम : (चश्मा हटा कर नीचे से ऊपर तक देखता है।) अरे भाई वाह...वाह। आप तो पहले ही से बिगड़ी जा रही हैं। वाह, अरे भाई वाह। यह तो खूब रही, अरे भाई वाह!

रजनी : इस वाह का मतलब मैंने नहीं जाना महाशय। बोलिए भी तो।

मुनीम : (बगल का रजिस्टर खोलता है, पेन्सिल निकाल कर देखता है, फिर उसे उलट-पलट कर कहता है।) अरे भाई वाह! इस वाह का मतलब ही नहीं मालूम आपको?

(सिर खुजलाता है)

रजनी : जी नहीं

मुनीम : वाह माने रुपया। (खीस काढ़ कर हँसता है।) जिसके पास रुपया होता है, उसी के मुँह से वाह निकलता है। (ही ही कर के हँसता है, फिर एकाएक गम्भीर हो जाता है।) कहाँ हैं लेखक महोदय श्री श्याम लाल जी?

रजनी : मैं नहीं जानती।

मुनीम : आपके अलावा कोई और जानने वाला है क्या इस घर में? हें...हें...अब इससे काम नहीं चलता बीवी जी। खाना तो आप पकाती है, फिर यह नहीं जानती कि गेहूँ कहाँ से आता है, चावल कैसा होता है? चार महीने से हिसाब पड़ा है, चार! सेठ ने कचहरी में नोटिस देना तय कर लिया था, यह तो मैंने टाला है।

रजनी : आपने क्यों इतनी कृपा कर दी। जा कर नोटिस दिलवा दीजिए न, जाइए...फ़ौरन जाइए!

(दरवाज़े की ओर इशारा करती है।)

मुनीम : अरे वाह, भाई वाह, यह तो खूब रही, वाह...

रजनी : मैं कह रही हूँ बाहर जाइए! (चिल्लाती है।) जाइए...

[मुनीम 'अरे भाई वाह' कहता हुआ जल्दी से बाहर जाता है, रजनी दरवाज़ा ज़ोर से बंद कर देती है और जा कर कुर्सी पर बैठ जाती है। हाथ से माथा पकड़ लेती है, फिर टेबिल पर ज़ोर से दोनों हाथ पटक देती है। एकाएक फाइल बोर्ड देखती है, जिस पर कुछ लिखा है। उसे ज़ोर से पढ़ती है।]

रजनी : 'परछाइयाँ', 'गुलमुहर', 'तिरछी आँखें' (फाइल बोर्ड पटक देती है और कुर्सी पर से उठ कर इधर-उधर टहलने लगती है।) राकेश, तुम कहते थे, 'जीवन के किसी मोड़ पर हम मिलेंगे रजनी!' तो क्या तुम मुझे पहचान सकोगे? मैं चार बच्चे पैदा कर चुकी राकेश, चार मानव शरीर बना दिये मैंने। जीते जागते आदमी, जो प्रेत की तरह मेरा पीछा करते हैं...। मेरी शादी हुई (हँसती है।) मैं जानती थी, मैं मिट गयी हूँ पर क्या मैं ही दोषी थी? क्या तुम नहीं जानते थे कि बचपन से मैं किन परिस्थितियों में पल रही हूँ! पर तुमने मुझे प्यार ही दिया, काश अपने को पूरी तरह दे पायी होती तुम्हें...

[उठ कर टहलती है, दरवाज़े पर दस्तक होती है। फिर जंजीर खड़कती है।]

धोबी : बहू जी! बहू जी!!

रजनी : (झल्ला कर दरवाज़ा खोलती है।) क्या है-क्यों गला फाड़ रहे हो!

धोबी : ऐसे बिगड़े का होई बहू जी! (सिर हिलाते हुए घूरता है।) मइल-कुचइल सब तो रात-दिना हम लोग धोईं, साफ करीं, ऊपर से पैसा देत कै रोब त न सहि जाई। दू महीना हो गया।

रजनी : मैं कुछ नहीं जानती।

[ज़ोर से दरवाजा बंद कर लेती है। धोबी बाहर से चिल्लाता है।]

धोबी : हम देख लेब जी। बड़े-बड़े के देख चुके हैं, तोहरो देख लेब। पैसा का मार लेबू हमार।

[रजनी आ कर कुर्सी पर बैठती है पर भीतर से बच्चों के रोने की तेज़ आवाज़ से वह परेशान हो जाती है और कान बंद कर लेती है। अंदर के कमरे में जाती है, फिर चली आती है।]

रजनी : अभी क्या देखा तुमने! लोग गालियाँ तक दे जाते हैं। यह सब तो मामूली धमकी है, और ये हैं कि जैसे कभी मुँह

भर कर बोल भी नहीं सके मुझसे। कभी गुस्सा ही करते राकेश, तो मैं समझती भी इनको कुछ...। मैं क्या करूँ, कहाँ जाऊ...

[इधर-उधर टहलती है। दरवाज़े पर दस्तक होती है- दौड़ कर दरवाज़ा खोल देती है।]

जलेबीवाला : यह पाँच रुपये हैं और यह गरी की बर्फी (दोना हाथ में देता है।) जब से आप गयीं, मैंने कभी गरी की बर्फी नहीं बनायी।

[आवाज़ भर आती है, जल्दी से थाल उठाकर जाना चाहता है।]

रजनी : चले जाओगे क्या?

जलेबीवाला : हाँ, इस समय कई और काम हैं।

[जाता है, रजनी उसे देखती रहती है, फिर दरवाजा बंद कर के अंदर जाती है और टेबुल पर रुपया और मिठाई का दोना रख कर, फफक-फफक कर रोने लगती है। बच्चे भी अंदर से माँ-माँ पुकारते हैं पर वह रोती रहती है।]

रजनी : मैं कैसी हो गयी हूँ राम! क्या-क्या और दिन देखने हैं मुझे। तुम तो कहते थे, आत्मा का निखार तपने में है। क्या मैं अपने को रोक नहीं सकती? क्या मेरा शरीर...! कितना घृणित है यह...कितना लज्जाजनक, कितना गया गुज़रा...कितना सड़ा हुआ, गंदा... कैसे छोड़ दूँ इसे, कैसे...? जैसी हवा बही, वैसी ही चली मैं...आज अपने को ढूँढने पर भी नहीं पाती...

(रोती है। बाहर फिर दस्तक होती है।)

बच्ची : माँऽ...माँऽ...दरवाज़ा खोलो माँ!

[दरवाज़ा खोलती है और क्षण भर मुन्नी को देखती रहती है। मुन्नी थक कर चूर हो गयी है। उसकी आँखें बंद हुई जा रही हैं। कपड़े मिजे हुए हैं।]

रजनी : खाना मिल गया था न बेटी! (मुन्नी को खींच कर अपने सीने से सटा लेती है। मुन्नी सिसक-सिसक कर रोने

लगती है और रजनी भी रोती रहती है।) बहुत तकलीफ़ हुई बेटी तुमको, मेरी रानी!

(उसका माथा चूमती है।)

मुन्नी : पिता जी वहाँ लौट कर गये ही नहीं माँ!

रजनी : (आवाज़ बदल जाती है, कुछ सोचती है, सहसा मुन्नी को अलग कर देती है।) क्यों नहीं गये? बड़ा विलाप तो छेड़े हुए थे यहाँ, मैंने रुपये भी दिला दिये थे उन्हें।

मुन्नी : मैं क्या जानूँ माँ?

रजनी : पर मैं तो खूब जानती हूँ न! दमड़ी लाल को गाली देने गये होंगे। वह तो जानवर है, इसलिए कि वह बच्चों का पेट भर लेता है। बीवी को प्यार देता है। हँसना जानता है, मुन्नी! (मुन्नी को फिर पकड़ लेती है और रोने लगती है।) काश कि मैं कुछ कर पाती तुम लोगों के लिए बेटी! पर मैं इतनी नीच हो गयी हूँ कि तुमसे बदला लेती हूँ रानी! (कस कर मुन्नी को सीने में दबा लेती है।) मुझसे भी कभी पढ़ने को कहा गया था, पर मेरा मन तो कहीं और डूबा रहता था तब। कपड़े–लत्ते, बनाव श्रृंगार, यही मेरे लिए सब कुछ हो गये थे बेटी! और आज मैं रोती हूँ। और तो और, अपनी इज्ज़त भी नहीं बचा सकती। तुम पढ़ती रहना मेरी रानी, चाहे जो भी तकलीफ़ पड़े...(टेबिल पर से मिठाई उठा कर खिलाती है।) कैसी हो गयी तू मेरी कोख में जनम पा कर। ईश्वर ने बहुत सुंदर बना कर भेजा था। मैं ऐसी ही हूँ मुन्नी...मैं...

[रोती है, मुन्नी भी रोने लगती है, श्याम बगल से प्रवेश करता है। क्षणभर खड़ा–खड़ा, माँ–बेटी के आलिंगन को देखता है, फिर आगे बढ़ता है। तब तक रजनी उसे देख लेती है।]

रजनी : कहीं किसी घर में आग लग गयी थी क्या, जो बुझा रहे थे अब तक और सामान का क्या हुआ? (हाथ से चादर ले लेती है।)

श्याम : कुछ नहीं, कुछ नहीं रजनी!
(एक ओर जाना चाहता है।)

रजनी : और रुपये!

श्याम : घर से निकलते ही मकान मालिक मिल गया रजनी, बड़ी इज़्ज़त से बोलता रहा। यदि वह बिगड़ कर माँगता तो मैंने न दिया होता पर कहने लगा, 'श्याम बाबू, जब आप लोगों के यहाँ किराया बाकी रह जाएगा तो दूसरों का क्या कहना, सो मैंने...

रजनी : (सिर हिलाते हुए) दे दिया...खूब किया...यह पाँच और रख लो या किसी को दे आओ!
[रुपया फेंक देती है। बज्चे रोने लगते हैं। मुन्नी जाती है और उन्हें बहलाने लगती है। श्याम चारपाई पर बैठ जाता है पर रजनी इधर-उधर चक्कर काटती रहती है।]

रजनी : नाकों दम आ गयी, रात-दिन भड़-भड़। दो महीने का हिसाब, चार महीने का हिसाब, आख़िर तुम तो बाहर चले जाते हो, मैं ही तो यहाँ मरती हूँ!

श्याम : मैं बहुत दुखी हूँ रजनी! क्या मेरे को मारती हो...सब कर डालूँगा, कुछ भी नहीं बचेगा, पर थोड़ा सब्र करो! (बैठता है, खड़ा होता है, टेबिल के पास जा कर फाइलबोर्ड उठा कर' शीर्षक ज़ोर-ज़ोर से पढ़ता है।) 'परछाइयाँ', 'गुलमुहर', 'तिरछी आँखें', लेकिन यह सब नहीं लिखूँगा रजनी! यह सब...

रजनी : खाक लिखोगे तुम।
[झटके से अंदर जाती है।]

श्याम : (ऊपर देखता है, जैसे कुछ सोच रहा हो।) ज़रूर लिखूँगा रजनी! मैं ज़रूर लिखूँगा पर वह सब नहीं ही कर सकता जो तुम चाहती हो। (थोड़ी देर रुकता है, फिर धीरे-धीरे चारपाई पर जा कर बैठता है।) मुन्नी बेटी! मुन्नी बेटी!!

मुन्नी : हाँ पिता जी!

श्याम : एक गिलास पानी ला दो बेटी!

[मुन्नी पानी लाती है। श्याम पानी पीता है और मुन्नी को पकड़ कर अपने पास बिठा लेता है। उसे प्यार करता है। धीरे-धीरे स्टेज पर अंधकार हो जाता है। थोड़ी देर अँधेरा रहता है। क्षणिक अंतराल के बाद पृष्ठभूमि में सितार पर विहाग राग की अवतारणा होती है और स्टेज पर धीरे-धीरे हल्की लाल रोशनी का आभास होता है, जो खिड़की से कमरे में पड़ती है। धीरे-धीरे रोशनी से लाल रंग हट जाता है। दरवाज़ा खुला रहता है। मुन्नी उठती है, इधर-उधर दौड़ती है, सामान जो इधर-उधर गिरा पड़ा है, देखती है। दरवाज़े पर जाती है। बाहर झाँकती है, फिर घबराई-सी आ कर टेबिल को देखती है। उस पर एक कागज़ पड़ा है, खोल कर पढ़ती है।]

मुन्नी : पिता जी! पिता जी! माँ चली गयी पिता जी...हमें छोड़ कर पिता जी!

(रोती है और श्याम के सीने से सट जाती है।)

श्याम : (चौंक कर उठता है।) क्या कहा, रजनी...

मुन्नी : हाँ पिता जी, देखो यह चिट्ठी!

(चिट्ठी श्याम को देती है। कुछ देर वह पढ़ता है, फिर माथे पर हाथ रख कर सोचता है।)

श्याम : मुझे ढ़ढ़ने की कोशिश मत करना। यह तुम्हारे लिए ठीक नहीं होगा...(मुन्नी से) मैं कभी से जग रहा था बेटी! पर सोचता था जलेबीवाला आएगा, आवाज़ देगा, तो रजनी दरवाज़ा खोलेगी पर वह भी नहीं आया आज...

मुन्नी : ज़रूर आया होगा पिता जी! (मेज़ के पास जाती है।) और यह रुपये पिता जी! इसी फ़ाइल बोर्ड पर पड़े थे।

श्याम : (भौचक्का-सा उठ खड़ा होता है।) रुपये! कैसे रुपये! कहाँ थे बेटी? (मुन्नी के पास जाते हुए) यह तो पाँच रुपये हैं, पूरे पाँच! यही है मेरी अग्नि-परीक्षा का मूल्य, सिर्फ़

पाँच रुपये। (हँसता है।) लेकिन मैं हारूँगा नहीं... (आवाज़ ऊँची होती जाती है।) मैं हारूँगा नहीं रजनी! तू सच्चाइयों से मुँह मोड़ सकती है पर समस्याएँ इतनी आसान नहीं है। उनका हल इतना सादा नहीं है...

मुन्नी : पिता जी!

श्याम : हाँ मुन्नी! सच कहता हूँ। मैं आत्मा को नहीं बेच सकता...नहीं बेच सकता मुन्नी, मैं नहीं...(मुन्नी को सीने से लगा लेता है।)

(पर्दा गिरता है)

डंका बुआ

पात्र

डंका बुआ

छबीले

दिनेश

नंदिनी

पंडिताइन मइया

मुन्नी

रामा

समय

दिन के करीब तीन बजे

स्थान

घर का भीतरी बरामदा

[डंका बुआ पैंतालीस–पचास साल की अत्यन्त स्थूलकाय महिला हैं। वाणी की क्षिप्रता और मानसिक सतर्कता से उनके शारीरिक गरिमा का अंदाज़ नहीं लगाया जा सकता अथवा उनके व्यक्तित्व की बाह्य रेखाएँ देख कर कोई यह नहीं महसूस कर सकता कि उनकी वाणी अथवा मानसिक प्रक्रिया में इतनी चपलता भी हो सकती है।

बुआ का बड़ा लड़का दिनेश नौकरी में है और उसकी पत्नी नंदिनी भी उसी के साथ बाहर रहती है। घर में कुल दो बच्चियाँ मुन्नी और रामा के अतिरिक्त बुआ का मुँहलगा भतीजा छबीले और बुआ के पति हैं।

दिनेश छुट्टियों में घर आने वाला है। बुआ विशेष तैयारी में हैं, सबेरे से ही चटाई डाल कर बरामदे में बैठी हैं। उनका अंतरंग मित्र बाँस का छोटा पंखा उनकी बगल में पड़ा है। वे रह–रह कर पंखा झलती हैं और फिर सामने के थाल में लड्डू बना कर रखने लगती हैं। पर्दा उठने पर एक विंग के अतिरिक्त कोई भी अन्य चीज दिखाई नहीं पड़ती, बस घर का एक सपाट बरामदा जिसमें एक ओर एक दरवाज़ा है– शायद कमरे का। बुआ दूसरी ओर बैठी हैं। छबीले सिनेमा के किसी गाने की तर्ज़ पर सीटी बजाता हुआ एक ओर से प्रवेश करता है।]

छबीले : (एकाएक रुक कर मुँह बनाते हुए) अरे, वह भला कौन है मुन्नी!

डंका : (पंखा झलते हुए, लापरवाही से) मुन्नी कहाँ बैठी रो रही है तुम्हारे नाम पर, जो मुन्नी से पूछता है छबीले के बज्जे! मुझी से क्यों नहीं पूछता कि मैं कौन हूँ! अब डंका बुआ

को पीछे से देख कर तुझे भरम होने लगा।

छबीले : (सामने आ कर) आखिर यह क्या होने वाला है बुआ,...यह सूरज पश्चिम में कैसे निकल गया, आज?

डंका : (थाल पास खीचते हुए) तो, यह साड़ी देख कर तुम्हारी खोपड़ी झनक गयी है। मैं अच्छी साड़ी नहीं पहन सकती, क्यों? तुम्हारी माँ, तुम्हारी बहन, तुम्हारी बुआ,... (एकाएक रुक कर) बुआ...? लेकिन बुआ तो मैं ही हूँ...तुम्हारी नानी, आजी, काकी, बीवी...! बीवी? (व्यंग्य से हँसती हैं) बीबी तुझे मिल भी सकती है, कभी।

छबीले : भगवान करे बुआ...इस चिरकुट बला के पहाड़ से मेरा सिर न कुचला जाए। बेचारे फूफा जी की हालत पर तरस...

डंका : (गुस्से में) क्या कहा, छबीले के बच्चे...!

छबीले : कुछ नहीं बुआ, मैं इस चार स्क्वायर फीट ज़मीन को धन्यवाद दे रहा हूँ जो आपका भार सँभाले हुए हैं!

डंका : धन्यवाद दो मेरे माँ-बाप को छबीले, जिन्होंने मुझे पैदा किया, मेरा दिमाग न चाटो!

छबीले : दिमाग नहीं चाटूँगा बुआ, पर यह मिठाइयों का थाल जरा इधर करो, बड़ी भूख लगी है।

[बुआ थाल पास खींचती है। एक ओर से मुन्नी और रामा कुछ बात करते हुए प्रवेश करते हैं और दूसरी विंग में जा कर अपना-अपना झोला रखते हैं, फिर इधर-उधर कुछ ऐसे कामों में लगे रहते हैं, जिसका कोई मतलब डंका बुआ से नहीं है पर वे बार-बार मंच पर इधर-उधर आते-जाते दिखाई पड़ते रहते हैं और नाटक चलता रहता है।]

डंका : तुम्हारा तो पेट खराब था न, सबेरे नीबू-पानी पी रहे थे।

छबीले : अब ठीक हो गया हूँ। नीबू-पानी तो इसलिए पी रहा था कि तुम्हारी मिठाइयों की उचित इज्ज़त दे सकूँ।

डंका : तो थोड़ा और साफ कर लो, अभी पूरी तौर पर साफ तो हुआ न होगा, और ये सब तो खराब घी के सामान हैं, थाल और पास खींच लेती है।

छबीले : चाहे जिस घी के हों, देती हो कि बुलाऊँ बच्चों को...। मुन्नी...रामा...!

डंका : (नरम स्वर में) क्यों चिल्लाता है छबीले, ले...ले...चुपचाप खा बेटे!

[छबीले मिठाइयाँ खाता बुआ को चिढ़ाने का अभिनय करता हुआ जाने को होता है, तभी बज्जे सामने पड़ जाते हैं। उन्हें संकेत से मिठाइयों की बात बताता है और बाहर निकल जाता है।]

मुन्नी : (दौड़ कर आती है) अम्मा हमें भी मिठाई!

रामा : मामा भइया को दे दिया और हमें नहीं अम्मा!

डंका : (मुँह बनाते हुए) अरे वाह री छोकरी...इतनी बड़ी हो गयी, पर मुँह ऐसा बाये रहती है, जैसे पेट नहीं भड़साय हो गया तुम्हारा...(एकाएक भाव बदलते हुए) देखो, यहाँ आओ पास, थोड़ा धीरज धरो! आज तुम्हारे भइया आने वाले हैं, (सहसा नाराज़ हो कर) अरे, तू टुकुर-टुकुर इस मिठाइयों के थाल को क्या देख रही है रे...क्या यह सब मेरे ही पेट में जाएँगी।

रामा : यह सब तो बहुत कम पड़ेगी अम्मा!

डंका : क्या कहती है, जरा फिर से तो कह!

[एक ओर से छबीले का सीटी बजाते हुए प्रवेश]

छबीले : यही कि बज्जे सड़ी हुई मिठाइयाँ नहीं खाएँगे...(पास आ कर) क्यों प्यारी रामा, बोलती क्यों नहीं, जरा देख तो अम्मा को आज, कभी देखा है ऐसी बढ़िया धोती पहने। आज तुम्हारे भइया आने वाले हैं, आइडिया बना कर रुपए झँसना है न बुआ को।

डंका : छबीले के बज्जे, जाता है तू यहाँ से कि नहीं।

छबीले : (पास आ कर) बुआ, जरा ठंडा पानी पी लो!...अरे हाँ, वह पंखा क्यों बंद है? लाओ मैं हाँक दूँ।

(पंखा ले कर झालने लगता है।)

डंका : मैं कहती हूँ छबीले, तू चला जा यहाँ से!

छबीले : लो कहती हो तो चला जाता हूँ, पर भाभी इतनी बुद्धू नहीं हैं कि दाल गल जाए तुम्हारी।

[सीटी बजाता हुआ जाता है।]

मुन्नी : लेकिन हम सड़ी मिठाइयाँ नहीं खाएँगे। कल से इसे अल्मारी में बंद कर दोगी और जब सड़ने लगेगी तो एक-एक करके निकालोगी, उस पर भी जो खराब हो जाएँगी उसी को दोगी।

डंका : (समझाते हुए) मैं तो कुछ और ही बताना चाहती हूँ, आज। सुन लोगे तो बस लड्डू-ही-लड्डू हाथ लगेंगे।

दोनों बच्चियाँ : (साथ-साथ) बताओ अम्मा, बताओ!

डंका : देखो अभी तुम्हारे भइया आएँगे। सब लोग नहा-धो कर साफ कपड़े पहन लो!

रामा : हमारा फ्राक निकाल दो अम्मा! (लिपटने लगती है।)

मुन्नी : हमारा कुर्त्ता अम्मा, देखो धरा-धरा छोटा हो जाएगा।

डंका : पहले मेरी बात सुनो!

मुन्नी : नहीं अम्मा...

रामा : मेरे कई फ्राक नए-के-नए खराब हो गये अम्मा! आखिर सब चीजें रख कर खराब करने के क्या मिलता हैं, तुम्हें।

डंका : (एक चाटा रसीद करते हुए) नानी कहीं की, बड़ी चली कानून पढ़ाने। मैं कहती हूँ पहले चल कर नाक साफ कर...और हाँ, देख, हर चीज़ के लिए हाथ न फैलाना उन लोगों के सामने, नहीं तो...

मुन्नी : (पीछे हटते हुए) भाई नाराज हो जाएँगे और अम्मा के हाथ कुछ न लग सकेगा।

डंका : अच्छा ले उठती हूँ तो बताती हूँ।

[लड़के हँसते हुए एक ओर भागते हैं। दूसरी ओर की विंग से जंजीर खड़खड़ाने की आवाज़ आती है और कोई बार-बार पुकारता है, अम्मा ऽ...अम्मा ऽ...]

डंका : (आवाज़ का अंदाज लेते हुए, कान पर हाथ रख कर धीरे से) कौन,...दिनेश ही तो नहीं है?

रामा : (दौड़ी हुई आती है।) हाँ, हाँ भइया ही तो हैं, उन्हीं की आवाज़ है, भैया आये...भैया...आये।

मुन्नी : मैं खोलूँगी दरवाज़ा...(भागती है।)

डंका : (घबराहट में) अरे मैं कहती हूँ टाँग तोड़ दूँगी मुन्नी जो उधर गयी। तुम लोग यहीं रहो, पहले मुझे उठाओ! उठाओ! नहीं तो वह क्या समझेगा कि स्टेशन तो दूर रहा, अम्मा घर के दरवाज़े पर भी मुझे लेने नहीं आयीं।

[लड़का लगातार दरवाज़ा भड़भड़ाता है और पुकारता है। दोनों बज्चे डंका बुआ का दोनों हाथ पकड़ कर ज़ोर लगाते रहते हैं।]

रामा : हाँ, हाँ, ज़रा तुम भी ज़ोर लगाओ अम्मा...हाँ हाँ ऽऽ

मुन्नी : रोज तो इतनी तकलीफ नहीं होती थी, उठने में।

डंका : मैं क्या जानती थी कि ऐसा मौका एकाएक आ जाएगा।

रामा : हाँ अम्मा, उठ आओ, उठो, हाँ अम्मा...(बच्चियाँ थक कर, खड़ी हो जाती हैं और ज़ोर-ज़ोर से साँस लेने लगती हैं।)

मुन्नी : हाय राम, अब क्या हो। एक मिठाई ही डाल लो मुँह में, दम आ जाएगा अम्मा!

डंका : (ज़ोर की साँस लेते हुए) हो चुका मेरा उठना, जा कर खोल दो दरवाजा। (फर्श पर लेट कर ज़ोर-ज़ोर से साँस लेती हैं।)

[बच्चियाँ दौड़ कर दरवाज़ा खोलती हैं और चुप खड़ी हो जाती हैं।]

दिनेश : क्या हो गया था तुम लोगों को!

(बच्चे चुप)

दिनेश : अम्मा कहाँ हैं?

(बज्जे चुप)

नंदिनी : क्या बात है, कुछ समझ में नहीं आता!

(सहसा जैसे बुआ की ओर अभी तक ध्यान न गया हो।)

नंदिनी : अरे अम्मी! क्या हो गया, इस तरह ज़मीन पर क्यों पड़ी हैं अम्मीं?

(दोनों बुआ के पास पहुँच जाते हैं।)

दिनेश : अम्मा, अम्मा, क्या हो गया तुम्हें?

(बेहोशी की आवाज़, जैसे कोई सोने में बोल रहा हो।)

डंका : कौन...? ऊँ...ऊँ...मेरा राजा बेटा आएगा...सोने-सी बहू रानी आएगी। मेरी रानी बहू कहाँ होगी...! राह देखते-देखते आँखें फूट गयीं।

नंदिनी : (परेशान हो कर) अम्मा जी...अम्मा जी...! क्या हो गया, आपको!

दिनेश : तुम लोग बताती क्यों नहीं कि अम्मा को क्या हो गया? बोलो मुन्नी...मुन्नी!

(सब चुप)

नंदिनी : (घबराहट में) बोलती क्यों नहीं मुन्नी!

(डंका-बुआ बर्राती रहतीं हैं।)

मुन्नी : अम्मा मारेंगी भइया।

रामा : उठा दूँ क्या भइया!

दिनेश : हाँ, हाँ, उठाओ उठाओ!

रामा : आओ मुन्नी, यह जो मिठाइयाँ-मेवे हैं न, चलो इसी को सब मिल कर खा जाएँ...बड़ी भूख लग रही है। छबीले मामा को भी बुला लो!

मुन्नी : हाँ, हाँ, चलो!

रामा : माँ जाने कब तक होश में आएँ...! हाँ, ले चलो, चलो!

डंका : (एकाएक उठ कर) अरे बचवा रे, बचवा, मेरी रानी बहू...(बार-बार दोनों की ओर देख कर पहिचानने की कोशिश करती हैं।) आँख थक गयीं, राह देखते-देखते...(रोनी आवाज़ में) सूख कर काँटा हो गयी तुम लोगों की याद में।

नंदिनी : (हँसी रोकते हुए) एकदम अम्मा, मैं तो पहले पहचान ही नहीं पायी।

डंका : पहचाने की बात कहती हो बहू, अच्छा बैठ जाओ यहीं, मैं एक किस्सा सुनाती हूँ। और तू बेटा, जरा कपड़े-वपड़े बदल। (लड़का दूसरी तरफ विंग में चला जाता है।) अरे हाँ बहू, बड़ी तंगी है खरचे की, इतने सारे बच्चे, पढ़ाई-लिखाई...

मुन्नी : (दूर से) अम्मा, नौकर पैसे माँगता है, सब्जी के लिए।

डंका : अच्छा, अच्छा...

नंदिनी : (पर्स निकालते हुए) मैं दे दूँ अम्मा।

डंका : नहीं, नहीं, अरे तू मेरी बेटी की ही तरह है। अपने बच्चों से पैसा लेना, राम कहो बहू...अभी तो हमीं को देना चाहिए।

मुन्नी : (दौड़ी हुई आती है) नौकर जा रहा है अम्मा!

डंका : जा रहा है! उठना पड़ेगा मुन्नी।

नंदिनी : यह लो रुपया मुन्नी, उसे दे दो!

मुन्नी : नहीं भाभी। मैं अम्मा से लूँगी। बताओ अम्मा कहाँ हैं रुपये, मैं ले लेती हूँ।

डंका : अच्छा दे ही दे बहू। मैं उठ कर देती हूँ, तुम्हें।

मुन्नी : यह तुम्हारी धोती की खूँट में क्या बाँधा है, अम्मा?

डंका : (क्रोध में) दुष्ट कहीं की, आखिर छू ही लिया पैसा न! पूजा-आरजा का पैसा हाथ से नहीं छूते। ले लो पैसा, यह तो दे ही रही है। (बहू से) दो रुपया और दे दो बहू रानी, चाय की पत्ती भी नहीं है।...अरे बेचन, ओ बेचन...उहूँऽ...बेचन के बच्चे कहीं के। तुम मुझी को दे दो बहू रानी, मैं अभी किसी से भेजती हूँ। हाँ, मुन्नी, देख चीनी है या नहीं।

मुन्नी : अब तुम्हारा सब घट जाएगा अम्मा!

डंका : क्या कहा, चंडाल कहीं की, अरे कोई चोरी कर रही हूँ। अपने बेटे-बहू से पैसा लेना कोई पाप है। बड़े भाग्य से ऐसी रानी बहू घर में आती है। महारानी का सा दिल पाया है, मेरी बहूरानी ने।

रामा : (दूर से खेलते-खेलते) अम्मा, अम्मा, पड़ाइन मइया आ रही हैं।

डंका : (जल्दी में) पड़ाइन मइया!...अरे बहू, जरा यह थाल छिपा दो, जल्दी करो बहू, नहीं तो सारा-का-सारा नष्ट हो जाएगा। बड़ी खराब नजर है बहू!

नंदिनी : क्यों, ऐसी क्या बात है अम्मा जी!

डंका : छिपा तो दो!

पड़ाइन : (अनुनासिक स्वर में) अरे डंका रानी, तुम तो सपना हो गयी। बहुत दिन बीत गये थे, सोचा मिल आऊँ। बेटे की मुंडन क्या पड़ी, चार दिन कड़ाही पर बैठे-बैठे कमर टेढ़ी हो गयी। कोई एक ही किसिम की चीज खाने वाले तो हैं नहीं हमारे घर, किसी को पेठा चाहिए, तो किसी को रसगुल्ला।...अरे, यह बहू कब आ गयी? (नन्दिनी से) सुनो, सुनो बहू, यह थाल ले कर कहाँ चली। जरा बैठो तो!

मुन्नी : मुझे दे दो भाभी, यह थाल।

डंका : हाँ, हाँ बहू, दे भी दो, तुम थक जाओगी न। कहाँ तो फूल भी न तोड़ती होगी हाथ से, कहाँ यह पहाड़ जैसा थाल। चुपचाप आराम से बैठी रहो, घर का मालिकाना सँभालो, यही बहुत है। (पड़ाइन की उपेक्षा करते हुए) भगवान की कृपा से कुछ कमी तो है नहीं। अरे हाँ, एक दस रुपए का नोट तो देना बहू, जरा बाजार से रसगुल्ले मँगा लिये जाएँ। (कुछ रुक कर) यहाँ तो रुपए-पैसे का जोड़ ही नहीं पड़ाइन। बेटवा-पतोह रास्ते में रुपया छींटते चलते हैं। वही तो मैं समझा रही थी, पर कहते हैं, अम्मा, पैसा तो हाथ की मैल है,...जाने दो यह सब घर-दुवार का पचड़ा पड़ाइन, बुढ़ापे में माया-मोह छोड़ो। काहे को जिन्दगी खराब कर रही हो। कुछ हँसी-खुशी की बात करो!

पड़ाइन : हँसी-खुशी...रात-दिन यही सब तो चलता है डंका रानी। एक दिन लड़कों ने कहा, आज एक मजाक करें माता जी! मैंने कहा, करो न। बस जाने क्या मेरे मुँह पर पोत कर, मुझे बूढ़ी जुल-जुल बना दिया, एक लकुटिया थमा दी,

मेरे हाथ में। फिर जब पंडित आये, तो इधर-उधर सारा घर घूम आये, फिर मुझे देख कर पूछने लगे कि यह कौन है। सच डंका रानी, मैं लाज के मारे गड़ गयी। सारे घर को उन्होंने सिर पर उठा लिया। फिर बात खुली, तो सब लोग हँसते-हँसते लोट-पोट हो गये।

डंका : (पड़ाइन की बात की अनसुनी करते हुए) तुम्हें याद है बहू उस साल की बात...(आदेश के स्वर में) अरे यह बटुआ अभी हाथ में ही लिये हो, रानी बहू ! समय-जमाना बड़ा खराब है। लाओ मैं संदूक में डाल दूँ। (रूक कर) मेरी बहू भी क्या है पड़ाइन, कोई चीज भी अपने हाथ में नहीं रख सकती। मैं तो यही सोचती हूँ कि मेरे न रहने पर क्या होगा। (पंखा झलने लगती है)...तुम्हारी ही तो साड़ी पहनाई थी बहू ! मुझे ऐसा बनाया इन लोगों ने कि सरग की तिरिया भी मात, पड़ाइन ! होली की रात थी, वह। ये साहब कुछ रात को लौटे। घर में सब लोग सो गये थे। मैं एक कुर्सी पर बैठी उपन्यास पढ़ रही थी। अब लगे घूमने इधर-उधर।

पड़ाइन : फिर तुम्हें जगता हुआ पा कर बड़े खुश हुए होंगे।

डंका : (क्रोध में) खुश क्यों?

पड़ाइन : यही कि नींद बच गयी रात भर की। खरर्-खों-खरर्-खों की चरखी नहीं चलती मिली...

डंका : तुम्हारी नींद हराम हो...तुम्हारे कुल परिवार की नींद हराम हो...क्या समझा है तुमने अपने को ! मेरी नाक अगर चरखी की तरह बोलती है तो इसमें तुम्हारा क्या बिगड़ता है।

पड़ाइन : यही तो मैं भी कह रही हूँ, डंका रानी, मेरा इसमें क्या बिगड़ता है।

डंका : तुम मुझसे मजाक करती हो पड़ाइन, क्या तुम्हें पता नहीं...
[छबीले की सीटियाँ सुनाई पड़ती है, बुआ पीछे देखने लगती हैं।]

छबीले : (दूर ही से) कि मेरा नाम डंका बुआ है।

डंका : (तेज़ आवाज़ में) हाँ जी, हाँ, मेरा नाम डंका बुआ है। एक बार नहीं सौ बार कहती हूँ...डंके की चोट पर कहती हूँ कि मेरा नाम डंका बुआ है। इस मुहल्ले में ही नहीं...सारे शहर में लोग जानते हैं कि मैं डंका बुआ हूँ, कि मैं सबेरे जहाँ बैठती हूँ वहाँ से शाम तक नहीं उठती, पर इसमें तुम्हारा क्या जाता है (आवाज़ बिगाड़ कर) जो बड़े चले कहने कि मेरा नाम डंका बुआ है।

छबीले : (पास आ कर) देखो नाराज न हो बुआ...मैं तुम्हारे पैर छूता हूँ।

डंका : (हँस कर) अब आये ठिकाने पर।

छबीले : लेकिन उस मिठाइयों के थाल का भी पता है?

डंका : क्या कहा...(करीब-करीब चीख पड़ती है।)

[उत्तेजित किन्तु करुण वातावरण, पृष्ठ भूमि में झनझनाहट।]

छबीले : आराम से गप्प करो, ज़मीन-आसमान के कुलाबे मिलाओ! तुम्हें यह भी पता नहीं कि लड़के स्कूलों से आ गये।

डंका : हाय राम, बहू, ओ बहू...! मुन्नी, अरी ओ मुन्नी...! उठाओ, मुझे खड़ा कर दो...सब खा गये...खूब खतम हो गया...मुन्नी, अरी ओ मुन्नी...! कहाँ मर गयी मुन्नी...खा रही होगी मिठाइयाँ...बेचन, अरे ओ बेचन...! मुझे उठाओ...! मेरी मदद करो!... (दयनीय स्वर में) पड़ाइन तुम्हीं हाथ लगा दो।

[पड़ाइन उठ खड़ी होती हैं, छबीले कुछ पीछे हट जाता है।]

छबीले : चिल्लाना बेकार है बुआ...कौन आएगा इस समय तुम्हारे पास और वह थाल तो जैसे माँज-धो कर रख दिया गया है।

डंका : तुम्हीं जरा हाथ लगा दो, मैं उसे देखूँगी, छबीले!

छबीले : न बुआ, मैं तो पिस ही जाऊँगा। हाँ, जरा ऊँची साँस लो, मैं पंखा हाँके देता हूँ। (छबीले पंखा लेने के लिए झुकता है।)

(पर्दा गिर जाता है।)

दो पैसे का नमक

पात्र

मरजाद

माई

मुखिया

रतन

बैजू

बिट्टन

समय

छः बजे शाम

स्थान

गाँव का एक अलाव

[गाँव के किसी अलाव का दृश्य। सेट की सुविधा के लिए पृष्ठ-भूमि में किसी झोपड़ी का कोना जिसके एक ओर एक दरवाज़ा और दूसरी ओर अलाव है।

दूसरी ओर दो मकानों की एक गली का आभास। लोग इसी से मंच पर प्रवृष्ट होते हैं।

पर्दा उठने पर इस झोपड़ी का मालिक मरजाद, करीब पचास वर्ष का, लेकिन बहुत बूढ़ा लगता है; अलाव के पास बैठ कर, लकड़ी से आग खुरच कर चिलम भर रहा है।

शाम पाँच-छै बजे का समय। शुरू-शुरू के जाड़े की साँझ, कुहासे की झीनी परत और सझलौके-सा प्रकाश। पीछे से बैलों की घंटियों की टुनटुनाहट और उन्हें हाँकने-डाँटने की ध्वनियाँ।

झोपड़ी से किसी बूढ़ी के खाँसने-हाँफने की आवाज़ जो मंच के अभिनेताओं की अपेक्षा दर्शकों के ज़्यादा नज़दीक पड़ती है। क्योंकि झोपड़ी का दरवाज़ा मंच के सामने है और कोने के कारण अलाव बगल में।

किसी के दूर से विरहा गाने और बीच-बीच में अपने जानवरों को हाँकने की आवाज़ें सुनाई पड़ती है।

पिया पिया कहत पियर भइल देहियाँ,
लोगवा कहेला पिंड रोग।
गउवाँ के लोगवा मरमियाँ न जाने ले,
भइले गवनवाँ न मोर।

[मरजाद चिलम भर कर फूँकता है। फिर उठ कर दीवार से ऊँठगी हुक्की उठा कर, जल्दी से आग के पास आ

जाता है। उसी समय उसकी बेटी बिट्टन दरवाज़े से निकल कर, छप्पर के कोने पर आती है।]

बिट्टन : बापू नमक नहीं है घर में।

मरजाद : (हुक्की पुड़काते हुए) थोड़ी और रात बिता कर कहती बिट्टन, तू तो सारा हाल जानती है न घर का।

बिट्टन : वह तो कल ही रात को चुक गया था बापू। बथुआ का साग था, इसलिए पता नहीं लगा। आज कक्कू कचहरी गये थे पंडित के लिखना में गवाही करने, तो मिठाई की जगह आलू-गोभी ही लाये हैं।

मरज़ाद : तो क्या तुम्हें भी दे गये हैं, बिट्टन!

बिट्टन : हाँ, कह रहे थे कि हम लोगों ने आज गवाही में आलू-गोभी ही ले ली।

मरजाद : (हुक्की पीते हुए उठ कर) तब तो अभी इन्तिजाम करते हैं, लेकिन सहुअइनियाँ बड़ा चाचर करती है। परसाल की जवही का अनाज अभी लौटाया नहीं गया। मुदा हाँ, उस छन्हियाँ पर नार का टूक-टाक और पुरानी सुतरी पड़ी है। चलो उतार कर बदल लेते हैं।

[हुक्की उँठगा, वहीं से एक लाठी उठा कर छप्पर से टुकड़े उतारने लगता है, बिट्टन भी मदद करती है।]

मरजाद : दो पैसे का तो हो ही जाएगा। सात-आठ दिन का काम चला, फिर देखा जाएगा।

बिट्टन : जल्दी लौटना बापू, नहीं तो सारा खाना मिट्टी हो जाएगा। बड़ी हड़फोड़ जाड़ा है। (चादर उठा कर देते हुए) चदरिया तो ओढ़ लो!

मरजाद : (जाते-जाते) मुदा लिट्टियाँ सेंकना नहीं। बड़े दिन पर अच्छा बोरन मिला है। जीभ का ताव बदल जाएगा,, नहीं तो कहाँ मिलती है आलू-गोभी की तरकारी।

[कोली में घुसने को होता है, तभी रतन का प्रवेश।]

मरजाद : कौन है?

रतन : हम रतन, बाबा!

मरजाद : (हो हो कर के हँसता है।) लगता है सचमुच बुढ़ाई आ गयी रतनुआँ! भला तुझे भी नहीं पहचान पाता। अच्छा...अच्छा, चल देख बिट्टन होगी घर में। मैं दो पैसे का नून ले कर आया, हाँ...(लौट कर) अरे बिट्टन, ओ बिट्टन!

बिट्टन : हाँ, बापू!

मरजाद : देख रतन आया है। एक मोढ़ा डाल देना माई के पास। वहीं बैठे। मैं आया, अच्छा...

बिट्टन : तुम जाओ भी तो...

मरजाद : अच्छा अच्छा...(चला जाता है।)

रतन : (बिट्टन को ध्यान से देखता है।) कैसी है माई!

बिट्टन : वही हाल है रतन! दो दिन से बार-बार खून का कुल्ला हो जाता है। अब तो रही-सही सकत भी चली गयी। कल से सीने में दर्द भी है पर उसी में इधर-उधर डोलती भी रहती है। (मोढ़ा देती है।) तू तो दूज का चाँद हो गया उस दिन से।

रतन : क्या करता आ कर बिट्टन! उस दिन देखा तो बैजू ईर्ष्या की आग में जल रहा था। ऐसी जलन मुझे बड़ी गंदी लगती है। सोचा कहीं यह आग तुम्हारे घर पर न फैल जाए। (किंचित मुस्करा कर) और तू भी तो...

बिट्टन : फिर वही बातें रतन! मैं कैसे बताऊँ तुझे कि इतने दिन हो गये तुम्हारे आये पर मैं एक रात भी चैन से सो न सकी।

रतन : क्या बैजू की...

बिट्टन : तू भी ठिठोली करोगे। मेरी हालत पर हँसते हो। तरस नहीं आता मुझ पर रतन! सच बताओ, आज पूछती हूँ कि, तुम्हें तरस नहीं आता। (रुआसी हो आती है।) तुम्हें कभी मेरे लिए...

रतन : बिट्टन नहीं, नहीं बिट्टन! (उठ खड़ा होता है।) सच मान, यह तो ऐसे ही मुँह से निकल गया रानी! (पास जाता है।) देख, इधर देख बिट्टन!

(ठुड्ढी पकड़ कर ऊपर करने की कोशिश करता है, तभी माँ अंदर से कराहती है।)

माई : हाय राम...! बिट्टन, अरी ओ बिट्टन! (बिट्टन आँचल से जल्दी-जल्दी आँखें पोंछती है।)

रतन : धत् पगली, अरे इतनी-सी बात के लिए...

माई : अरी ओ बिट्टन, कहाँ गयी रे...

[माँ पुकारते हुए दरवाज़े से निकल कर दूसरी ओर चली जाती है। उसी समय बैजू गली से बोल उठता है।]

बैजू : वहाँ से हटी तो टाँग तोड़ कर रख दूँगा।

रतन : कौन?

बैजू : (बाँह चढ़ाते हुए) यह तो मैं हूँ। बड़ा माई का लाल बना है तो आज फैसला कर के ही हटना।

बिट्टन : तो तू झगड़ा करने आया है बैजू। क्या मतलब है तेरा कि मैं किसी से बोलूँ भी न!

बैजू : चल दूर हट बेशर्म! चली है बड़ी बात बनाने। मेरे आँखें नहीं है क्या, जो झूठ बोलती जा रही है। मँगनी हो जाने पर भी आँख लड़ाने में...(आगे बढ़ता है।)

रतन : (कड़ी आवाज़ में) बैजू बस बहुत हो गया। अपनी सीमा न पार करो!

(बैजू का हाथ पकड़ लेता है। बैजू बहुत छटपटाता है पर हाथ नहीं छूटता।)

बैजू : मैं तुम्हें भी देख लूँगा रतन!

रतन : बस इतनी-सी ताकत पर इतना उछलता है। कुछ सोच समझ कर बोलता है या दिमाग...

बैजू : दिमाग़ तो तेरा ख़राब है रतन, लेकिन मैं मज़ा चखा कर छोड़ँगा। यह न समझ लेना कि तू बड़ा नेता है। चमार-सियार का जूठा खा कर भ्रष्ट हो गया है और यहाँ प्रेम करने आता है। शर्म नहीं आती तुझे।

बिट्टन : शर्म तो तुझे आनी चाहिए धूर्त! (रतन से) इसे यहाँ से बाहर निकाल दे रतन। यह नीच है, ऐसे आदमी का मैं मुँह नहीं देखना चाहती।

रतन : तू चुप रह बिट्टन! तुझे शोभा नहीं देता यह सब।

बिट्टन : तो तू भी मुझी को डाटेगा। काश जान पाता इसके हथकंडे रतन, यह गुंडा है, गुंडा। इसे पैसे का घमंड है। धीरे-धीरे बापू के सारे खेत इसने जोत लिए और अब मौके-बेमौके बापू को रुपये दे कर, दूने की रसीद लेता है।
(बगल से एक छोटा डंडा उठाती है।)

रतन : मैं कहता हूँ कि बिट्टन तू भी पागल न बन। तू भी इसी तरह हो जाएगी तो दोनों में...

बैजू : (पूरी शक्ति लगाता है।) चलाओ तो डंडा, मैं देखता हूँ तुझे।

बिट्टन : तू क्या देखेगा अभागे। जा कर बाप की कमाई पर बैठ और मक्खियाँ मार, तो चला है देखने।

रतन : बहुत हो गया बिट्टन, अब तो चुप हो जाओ!

बिट्टन : कोई एक दिन की बात है, मैं इससे ऊब गयी हूँ! यह रोज़ माँ के कान भरता है। कभी मेरे बारे में बहुत सारी बुरी बातें जोड़ जाता है। कभी तारीफों के पुल बाँध कर मुझे खुश करने की कोशिश करता है। जानता है, मैं कुछ कह पाऊँगी नहीं। मैं इस झूठे की आदत हमेशा के लिए...(आगे बढ़ती है।)

रतन : मैं कहता हूँ तू यहाँ से चली जा!
(रतन बैजू को छोड़ कर बिट्टन को पकड़ता है, मौका पा कर बैजू रतन पर डंडा चला देता है।)

रतन : आह, इसने धोखा दिया बिट्टन! (सिर धाम कर लुढ़क जाता है।)

बिट्टन : रतन, हाय मेरे रतन! तुझे यह क्या हो गया...अरी ओ माई, माई...माई...! कहाँ चली गयी रे! हाय मैं कहाँ जाऊँ!
(परेशान-सी इधर-उधर देखती है।)

बिट्टन : तुझे क्या हो गया मेरे रतन, अरे ओ रतन! मैं घबरा कर मर जाऊँगी! तू आँखें तो खोल दे, देख तू तो मुझ पर बड़ी किरपा करता था। कभी कोई कड़ी बात नहीं कहता था। क्यों रूठ गया रतन, बोल रतन!

(रतन नहीं बोलता।)

बिट्टन : तूने कुछ भी तो नहीं किया। उस धूर्त ने तो धौखे से लाठी चला दी। अब मैं क्या करूँ। अरे ओ बापू, बापू...माई... अरे ओ माई...

माई : (खासती-लड़खड़ाती जाती है।) क्या हल्ला मचा रखा है बिट्टन!

बिट्टन : देख माई, रतन कैसा हो गया। उसे गुंडे बैजू...

माई : क्या कहती है लड़की! (देख कर) हाय राम! अब तो हम कहीं के नहीं हुए। तूने क्या कर लिया कलमुहीं। (खाँसती है।) अब तो दुनियाँ तेरे ही मुँह में कालिख पोतेगी। जानती है वह जमीदार का लड़का है। पैसे वाला है। अब तो तेरा बना बनाया भाग फूट गया। हम क्या सोचते थे और तूने क्या कर दिया। ज़रूर तुमने कुछ कहा होगा।

बिट्टन : मैंने?

(उठ खड़ी होती है, आवाज़ धीमी और दृढ़ हो जाती है।)

बिट्टन : हाँ, मैं उसका लहू पीना चाहती थी, यही सुनना चाहती हो न, वह अगर इस घर में आया तो अब वही करूँगी। मैं नहीं जानती थी कि तू इतनी पत्थर है माई, जवान लड़की छाती का भार होती है, पर यह भी नहीं कि वह जानवर है... बकरी...भेड़...

मरजाद : (दौड़ा हुआ आता है।) क्या हो गया बिट्टन!

बिट्टन : बापू! (रोती है।)

मरजाद : (दूर ही से) मैं कहता हूँ, यह क्या हुल-पुक मचाये हो...और यह रतन...क्या हो गया इसे। अभी तो यह भला-चंगा था। क्या हुआ...इसे क्या हुआ...

माई : कालिख लगा दिया मुँह पर इस नसोढ़ी ने। देखो न लोहू में लथपथ पड़ा है। हमारे देह में तीहा नहीं है, तुम्हीं देखो! अगर मर गया तो सबको फाँसी-डामल होगा।

मरजाद : रतन, अरे भइया रतन! (बिट्टन से) क्या खड़ी है बिट्टन, एक गिलास पानी ला!

[बिट्टन दौड़ कर जाती है।]

माई : दुनियाँ को कहने को हो गया। अब कहाँ ले के जाओगे! किसके गाँठ बाँधोगे इस अभागी को।
(खाँसती है।)

मरजाद : तुम न मरती हो, न माझा छोड़ती हो। भला लड़का यहीं रक्कत में डूबा पड़ा है और तुम पचरा ले कर बैठी हो इज्ज़त का। रतन ऐसा बेपानी का आदमी नहीं। ग़लती जरूर बैजुआ की होगी।

बिट्टन : (दौड़ी आती है।) उसी ने धोखे से मारा है बापू। यह तो बचा रहे थे उसको।

मरजाद: जरा पानी तो छिड़कना इसके मुँह पर और हाँ, इसी ओसारे में एक खटिया डाल ले। मैं इसे वहीं लिटाऊँगा। तू इसे देखना। देह में गरमी तो है।...अरे रतन बेटे,... रतन!...
(रतन हिलता है।)

मरजाद : रतन अँखिया खोल दे बेटे, देख तो...कैसा जी है रे! (बिट्टन की ओर घूम कर) तू अभी बैठी है बिट्टन! दौड़ रानी बिटिया। खटिया बिछा कर, हल्दी पीस ले। जा,...कहता हूँ, जा...
(बिट्टन रोती है। मरजाद का गला भर आता है। एक हाँथ उसके सिर पर फेरता है।)

मरजाद : कुछ होगा नहीं बिट्टन! यह अभी तुझसे बोलेगा। घबड़ा नहीं रनियाँ। अरे तू तो रोती है!

बिट्टन : बापू...मैं कहाँ जाऊँ बापू! (उसकी गोद में सिर डाल देती है।)

मरजाद : अरी पगली, अरे यह क्या है रे, न...न...रोते नहीं बेटी, रोते नहीं...

माई : उँह...अइसा दुलार नहीं देखा। बहिनी रे, बहिनी!
(ज़मीन पर हाथ टेक कर उठती है। मरजाद उसे देखता है। बिट्टन सुबकती है। तभी रतन आँखें खोल देता है।)

मरजाद : (खुशी में) अरे देख, रतन होश में आ गया, देख न!

बिट्टन : कहाँ...? रतनऽ...रतनऽ...

मरजाद : अच्छा चल, अब सरदी बहुत बढ़ गयी है...थाम ले तो रतन को,...थाम तो!

[दोनों रतन को ओसारे में ले जाते हैं, मंच पर अँधेरा छा जाता है।]

*

[रोशनी होती है तो सुबह की पहली किरणों का आभास मंच पर दिखता है। मरजाद ओसारे में से हुक्की पर चढ़ी चिलम लेकर अलाव के पास आता है और राख गिरा कर, चिलम खोदने लगता है। बिट्टन उसी के पीछे बकरी और उसके बच्चों के साथ निकलती है।]

मरजाद : अरे बिट्टन, महुआ की टल्लव होगी जतवा वाले घर में, ला कर डाल देना बिटिया, और हाँ, रतन कैसा है? रात कुछ बोल तो रहा था।

बिट्टन : अच्छा है बापू। रात बड़ा दर्द रहा।

मरजाद : कुछ...(हाथ के इशारे से) सुनो, पास आ जाओ!

(बिट्टन पास आती है।)

मरजाद : कुछ कहा तो नहीं तेरी माई ने उसे।

बिट्टन : अरे बापू, माई को जानते नहीं। छन में कुछ, छन में कुछ। उन्होंने ही तो कहर-कहर कर सारी सेक-साँक की। रतिया भर दोनों जने जाने क्या खुसुर-पुसुर करते रहे। बस छन-पर-छन तमाखू। मैं तो मर गयी चिलम भरते-भरते। न सोयीं, न सोने दिया।

मरजाद : (चिलम हुक्के पर रखते हुए हँसता है।) देख जल्दी से बकरिया दूह ले। दूध छान कर खूब गरम करके देना। मैं देखता हूँ उस लौंडे को। क्या समझ लिया है उसने। (गमछे को कंधे पर रखता है।) अरे, यह नून तो इसी में बँधा रह गया बिट्टन! सहुअइनियाँ ने दो ही पैसे की वे सारी रस्सियाँ।

बिट्टन : दो ही पैसे की...

[मुखिया का गली में से प्रवेश।]

मरजाद : अरे मुखिया भैया, इतने फजिल में...

मुखिया : (दूर से ही) कहो भइया मरजाद, अब गाँव में यही सब होगा।

[बिट्टन सिर पर कपड़ा ठीक करते हुए चली जाती है। मरजाद लपक कर, मचिया उठा कर अलाव के पास रखता है।]

मरजाद : पाव लागन भइया! (मुखिया अनसुनी करता है।)

मुखिया : देखो भाई, गाँव में बहू-बेटियों की इज्जत-बात का ध्यान रखना ही होगा। आज तुम्हारे घर लड़की के लिए लाठी चलेगी, कल उनके घर, परसों उनके घर...यह सब ठीक नहीं है। तुम्हारी मरजी हो तो लगन-पताई रख कर बैजुआ से बियाह करो। नहीं तो उसका रुपिया-पैसा दे कर झंझट निबटाओ!

मरजाद : लेकिन भइया हमारी भी कुछ सुनेंगे...

मुखिया : क्या तुम्हारी सुनें मरजाद, तुम बड़े लीचड़ आदमी हो। बार-बार कहा कि उस रतनुआँ को घर में न बैठने दो। जानते हो पढ़ाई-लिखाई से आदमी का दिमाग खराब हो जाता है। फिर वह तो निरा भ्रष्ट है। न आचार, न ब्योहार। ऊँची जात के लोगों को कुछ समझता ही नहीं। बस चमार-सियार-

[रतन सिर पर पट्टी बाँधे घर से निकलता है। सब उसकी ओर देखने लगते हैं। मुखिया हत् बुद्धि-सा जाने को होता है।]

रतन : नमस्ते मुखिया काका! (मुखिया अनसुनी करता है।) मैं प्रणाम करता हूँ काका!

मुखिया : ऐसे सलाम-अशीश में क्या धरा है!

रतन : मैं आप से कुछ कहना चाहता हूँ काका!

मुखिया : मुझसे क्या कहोगे बेटा! तुम तो हरिजन-सेवक हो। जाओ हड़ताल-वड़ताल कराओ!

रतन : आप हमारे बुजुर्ग हैं काका!

मुखिया : रहने दो रतन। तुमने गाँव को इतना बिगाड़ा कि जो सामने देख नहीं सकते थे, वे सीना तान कर बातें करते हैं। इज्जत-बात सब तो छीन ली। अब क्या सुनाओगे।

मरजाद : मुदा भइया, मेरे ऊपर तो दया करो। पर-पंचाइत से बड़ी बदनामी होगी।

रतन : कैसी बदनामी बाबा...क्या मतलब है आपका।

मुखिया : यही कि तुम लोग लड़कियों के लिए लाठी चलाते हो।

रतन : मैंने लाठी नहीं चलाई। बल्कि उसी ने बिट्टन पर हाथ चलाना चाहा और मैंने रोका तो...

मुखिया : यह सब बेकार की बातें हैं रतन। अब तुम लोगों को एक किनारे लगना ही होगा। इस मामले का फैसला तो पंचाइत में ही होगा।

मरजाद : नहीं मुखिया भइया, बड़ा अनरथ हो जाएगा। जानते हो, कुआँरी लड़की की बात है, और रुपये इस समय...

रतन : चुप भी रहो बाबा! वही तीन सौ रुपये न! मैं ला कर दूँगा रुपया।

मुखिया : कहाँ से लाओगे रुपिया। घर में भूजी भाँग भी तो...

रतन : गलत समझते हैं मुखिया काका, हमारी शक्ति का अन्दाज़ नहीं है आपको, अगर हम दो-दो पैसे भी देंगे तो...

[तेज़ी से एक ओर जाता है। मरजाद उसके पीछे लगता है।]

मरजाद : अरे रतन, तू न जा रतन! देख रतन, तेरी हालत ठीक नहीं है।

बिट्टन : (दौड़ी आती है।) बापू तुम साथ चले जाओ!...रतन, अरे ओ रतन! बात मान जाओ! कहीं बेहोश हो जाओगे रतन! रतन...ओ रतन!...बापू दौड़ जाओ! बढ़ जाओ बापू!

[गली के पास जा, दीवार पकड़ कर, फूट-फूट कर रोने लगती है। मुखिया वहीं खड़ा-खड़ा देखता है। फिर कुछ सोचता हुआ बिट्टन के पास जाता है।]

मुखिया : बिट्टन!

(बिट्टन सुबकियाँ लेती है। कुछ भी उत्तर नहीं देती।)

मुखिया : क्यों रोती है?

बिट्टन : अपने भाग पर रोती हूँ काका! गरीब के घर में जो पैदा हुई। मुझे धरमा बहिन का भाग्य कहाँ से मिलेगा, जिसका बाप गाँव का सरदार है, मुखिया है।

मुखिया : यह सब क्या कहती है...इधर देख बिट्टन!

बिट्टन : नहीं काका, तुम पंचाइत करो! जो कुछ करना चाहो कर लो। अगर मैं न जनमी होती तो बापू के ऊपर इतनी विपत्तियाँ न आतीं। लेकिन मैं मरूँगी नहीं काका! चाहे जितना उपहास करो, चाहे जितना काका...

मुखिया : मेरी भी तो सुनो!

बिट्टन : (एकाएक घूम कर) तुम्हारी क्या सुनूँ काका! तुम्हें तो मेरी नाम-हँसाई अच्छी लगती है। फिर कोई दूसरा क्यों आ कर मुझे नीचा दिखाये। तुम्हीं मारो, लो यह लाठी, लो, मारो काका! तुम्हारे हाँथ मर जाऊँगी तो दुनियाँ यही कहेगी कि एक बाप ने...

(पैरों के पास बैठ कर रोती है।)

मुखिया : सिर काट लूँगा बिटिया! मेरे जीते जी तुम्हें कौन आँख उठा सकता है। मैं बहुत लज्जित हूँ। अब और कालिख न पोतो मेरे मुँह पर, उठो! (बाँह पकड़ कर उठाता है।) जा कर घर में बैठो! समझना धरमा ही हो तुम। जब कोई जरूरत हो कहला भेजना। अब तुम जाओ! (बिट्टन नहीं जाती) जाओ बेटी! मैं वचन देता हूँ। मेरा विश्वास करो! मैं नहीं जानता था कि तुम लोगों में इतनी सज्जाई है। मैं सब समझ गया बिट्टन! अब जाता हूँ।

[बिट्टन उसे जाते देखती है, फिर धीरे-धीरे बकरियों के पास लौट आती है।]

बिट्टन : (स्वगत) कितनी अभागी हूँ मैं रतन! तेरी इतनी अच्छी जिन्दगी पर आँच आ गयी मेरे कारण। पर तू क्यों इतना

परान देता है मेरे लिए। छोड़ दे मुझे मेरे भाग्य पर। मरती--खपती तेरा काम ही देख कर जी लूँगी। लेकिन तू सुख तो चाहता भी नहीं, क्यों नहीं चाहता रतन! लोग अपना देखते हैं, पैसे के पीछे पागल घूमते हैं, स्वार्थों में अंधे हो जाते हैं, पर तू, तू क्यों ऐसा है रतन।

माई : (धीरे-धीरे आती है।) बकरियों से बतियाय रही है क्या रे! चल अब घर में बैठ। रतन आ जाएगा। देख तेरे बापू भी तो साथ ही गये हैं न! चल दो लिट्टियाँ तो सेक ले। रात ही का पिसान पड़ा है। दोनों आएँगे तो क्या खाएँगे।

बिट्टन : लेकिन नमक तो बाबा के गमछे में ही बँधा रह गया। कह रहे थे, दो ही पैसे की तो हुई सारी रस्सियाँ बिट्टन! अब क्या ले कर जाऊँ नमक लेने।

माई : तू लिट्टियाँ तो सेक ले। तरकारी में नमक आने पर डाल देंगे।

बिट्टन : बापू को बड़ा मन था, आलू-गोभी की तरकारी खाने का। ठीक कहती है माई, और रतन भी तो साथ आएगा, चलो चल्दी से बना लेते हैं।

[शीघ्रता से घर में घुसती है। माँ भी पीछे पीछे जाती है। मंच पर अँधेरा हो जाता है।]

*

[रोशनी होने के साथ पृष्ठ-भूमि में शोर उठता है।–बड़ा अनर्थ हो गया। हाय राम, यह क्या हो गया। अब यह गाँव रहने लायक नहीं रहा, आदि कई तरह की आवाज़ें, ज़ोर-ज़ोर से सुनाई पड़ती हैं।]

माई : (बाहर आते हुए) अरी बिट्टन, सुनती है कि नहीं रे! ओ बिट्टन, देख कैसा हल्ला मचा है।

बिट्टन : (दौड़ी हुई आती है।) कहाँ? क्या हो गया माई! कहाँ रे! (दौड़ कर गली के पास तक जाती है।)

माई : आगे बढ़ कर देख पगली, क्या हो गया। किसी के रोने की आवाज़ भी है।

बिट्टन : (मंच की ओर दौड़ी जाती है।) इधर तो कोई नहीं है।

माई : अरे इस कोलिया में देख पगली।

(आवाज़ पास आ जाती है।)

बिट्टन : अरे ये मुखिया काका है। रतन बेहोश हो गया क्या? माई रतन को मुर्छा आ गयी। जा कर देख माई, (माँ से चिपट कर रोती है।) वही है। मैं कह रही थी कि तू न जा रतन, तू जाने लायक नहीं है पर वह माना नहीं, किसी की बात तो मानता नहीं। बापू कितना चिल्ला रहे थे।

[मुखिया मरजाद को कंधे पर उठाए प्रवेश करते हैं। पीछे रतन तथा गाँव के दो-चार लोग हैं।]

मुखिया : अनरथ हो गया बिट्टन। उस गुंडे ने मरजाद को...

बिट्टन : बापू को...

मुखिया : हाँ बेटी। (मरजाद को ज़मीन पर लिटाते हैं।)

माई : अरे तुम्हें क्या हो गया बिट्टन के बापू! (रोती है और मरजाद से चिपट जाती है।)

बिट्टन : यह क्या हो गया मेरे बापू को? काका यह क्या हो गया?

मुखिया : देखो इस तरह रोने से क्या बनेगा बिट्टन! दौड़ कर पानी ले आ। मरजाद ठीक हो जाएगा। घबरा न बिट्टन।

[रतन तेज़ी से घर में जाता है।]

मुखिया : सचमुच वह गुंडा है बिटिया। मैं उसे गाँव से निकाल कर छोड़ूँगा लेकिन तू तो होश में आ। इतनी घबराएगी तो कैसे काम चलेगा। बिट्टन तू उठ...उठ...हल्दी-गुड़ पीस कर पिला मरजाद को।

रतन : (पानी ले कर आता है।) मैं पहुँचा तो सब भाग गये थे काका! (पानी पिलाता है।)

मुखिया : मैं क्या कहूँ रतनुआँ! बैजू कल ही कह रहा था वह जो एक खेत बचा है, मैं जोत लूँगा। मैंने समझा हँसी कर रहा है।

माई : लेकिन बिट्टन के बापू कैसे पहुँच गये वहाँ। ये तो तुम्हारे साथ थे न रतन।

रतन : हाँ, वह मेरे ही पीछे थे। गाँव में घुसते ही किसी ने इन्हें बता दिया कि वह खेत जोत रहा है और उसके साथी वहाँ डंडे लिए खड़े हैं, तो बाबा मेरा पीछा छोड़ कर, उधर मुड़ गये।

मुखिया : मुझ से तो कलुआ ने बताया कि मरजाद उनके हल के आगे सो गया था और उसके साथियों ने...

मरजाद : पानी...पानी...

मुखिया : रतन बेटे, दौड़ कर थोड़ा दूध लाना,...मरजाद भइया!... मरजाद भइया!

मरजाद : बिट्टन, मैं नून ले आया बिटिया...

बिट्टन : क्या कह रहे हैं बापू!

(मरजाद कोई उत्तर नहीं देता।)

माई : का कह रहे हैं। बोलो न बिट्टन के बापू। अँखिया खोल दो, देखो!

बिट्टन : क्या कह रहे हैं बापू, काका, तुम्हीं बताओ! तुम तो...तुम्हीं ने तो कहा था घबराना नहीं बिट्टन। आज से तू मेरी बेटी है। यही बेटी हूँ काका! बताओ क्या कह रहे हैं बापू!

(रतन दूध पिलाता है।)

बिट्टन : और तू रतन, तू तो बड़ा बहादुर है। तुमसे सारा गाँव डरता है। कहाँ झोंक दिया बापू को। तू ही बोल रतन!

मुखिया : घबराओ नहीं बेटी! देखो ठीक हुआ जाता है।

बिट्टन : ठीक हुआ जाता है। (व्यंग से) अब ठीक नहीं हो सकते...अब नहीं काका! (रोती है।)

मरजाद : (हिलता है) बिट्टन, नून ले आया हूँ...ले आया हूँ बिट्टन...

मुखिया : नून की क्या बात है?

माई : रात की बात कह रहें हैं बिट्टन! जो गये थे न सहुआइन की दूकान...

(इधर-उधर ढूढ़ कर गमछे बँधी नमक की पोटली निकालती है।)

बिट्टन : (रोते हुए) यही नमक है काका। देखो न, दो पैसे का नमक। बापू कहाँ-कहाँ हो आये तब से। अब तो बहुत देर

हो गयी। क्या होगा यह नमक। अब क्या करूँगी इसे ले कर काका!

मुखिया : धीरज नहीं छोड़ते बेटी।

[बिट्टन को सम्हालता है। मरजाद कराह कर हिलता है।]

मरजाद : दो पैसे का नून है बिट्टन...बिट्टन, रतन, तू न जा रतन... ...

रतन : (झुक कर) हाँ, बाबा...कैसा जी है बाबा! (मरजाद आँखें खोल देता है।)

मुखिया : होश आ गया मरजाद को बिट्टन! तुम दोनों उसके सामने हो जाओ। देखो मरजाद के खून ने तुम्हारे रास्ते के काँटे बटोर दिये।

बिट्टन : मैंने लिट्टियाँ सेंक ली है बापू, लाओ दो नमक!

(मरजाद हाँथ उठा कर बिट्टन और रतन को छूने की कोशिश करता है।)

(पर्दा गिरता है।)

•

रसोई घर

पात्र

चिमटा

कलछी

बटलोई

गिलास

ट्रे

चम्मच

झन्, झन्, झन्, चिमटा पटकने की आवाज होती है :

चिमटा : अरी, वाह री लड़की मेरा तो गरदन ही तोड़ने पर तुल गई है। तेरे घर में कोइ नौकर नहीं टिकता तो इसमें मेरा क्या दोष। क्यों नहीं पूछती जाकर अपनी मां से जो रात दिन नौकरों का दिमाग चाटा करती है। एक ही नौकर से जूता पालिस कराने से लेकर, पराठे सिकवाने, और बेबी की गाड़ी खिचवाने तक का काम लेगी तो भला कौन ऐसा आदमी होगा जो इस घर में टिकेगा। आज कितने बरस बीत गये जब मगरू पंडित मुझे खरीद कर लाया था तब तो इस घर में इस तरह के चूल्हे भी नहीं जलते थे। साहबों का जमाना था और खानसामे लोहे के हम चिमटों की जगह मशीनों की ढली सडंसियों का इस्तेमाल करते थे। बगल में बिजली का खुशनुमा स्टोव हमेशा अपनी नसें लाल किये तमतमाया रहता था। तब तुम्हारे जैसी लड़कियां चूल्हे में बैठकर रोटी सेकने का काम नहीं करतीं थी। (फिर चिमटा पटकने की आवाज होती है और संड़सी बोलती हैं, कलछी से दाल चलाने की आवाज और ड्राइंगरूम में रेडियो से गाने की आवाज़ तेज़ हो जाती है।)

कलछी : दिमाग़ खराब हो गया इस लड़की का रात दिन किताब लिए सिनेमा संगीत सुनते सुनते इसकी आदत ऐसी खराब हो गई है कि कहीं दूसरी जगह इसका मन ही नहीं लगता। इस समय तो यही चाहती होगी कि ड्राइंग रूम में बैठकर मेम साहब के साथ दोस्तों की गप में हिस्सा ले।

बटलोई : तेज़ स्वर में अरे चल चल तो बड़ी दूसरों को शिक्षा देने आई है। कब से मेरे सीने में दौड़ लगा रही हो और ऊपर से बड़ी मीठी–मीठी बातें बजाती जा रही हो। अरे यह तो बेचारी इतना

भी कर लेती है कि कभी कभार हमारे साथ मिलकर बैठ भी लेती है, नहीं तो इसकी मां तो हमें अछूत समझती है। पास बेठी नहीं कि उसे अपना रंग खराब होने का डर सताने लगता है। और ऊपर से तुर्रा यह कि आज दाल में नमक ज्यादा तो कल तरकारी में। एक तह चमड़ा जब तक नहीं निकल जायेगा हमारा, तब तक महरी को डांटती ही रहेगी। देखो न भाई चिमटा की हालत : चिमटा खांसता है : कितने दिन से बेचारे की गर्दन टूटी पड़ी है पर दवा दारू की बात ही दूर रही इन्हें पेन्शन देना भी नहीं मंजूर है मलकिन को।

चिमटा : (खांसते हुए) भाई अब तो मैं पेन्शन लायक भी नहीं रहा। अगर कोई लायक़ नौकर फिर इस घर में आ जाता तो मेरा कहीं ठीक ठिकाना लगाकर कोई मुस्तैद काम करने वाला ढूढ़ निकालता। मैं तो भूल से इस घर में पड़ गया हूँ। जहाँ न मालकिन को चौके से प्रेम है और न मालिक को घर के खाने से। (सब एक साथ हंस पड़ते हैं उसी हंसी में बटलोई का स्वर)

बटलोई : तुम्हें नहीं मालूम बूढ़े बाबा कि इसके पीछे क्या रहस्य है?

कलछी : रहस्य। अरे इसके पीछे क्या रहस्य हो सकता है।

बटलोई : तुम्हें क्या मालूम। अभी कल तो आई हो, कभी इस रसोई घर का भी जमाना था। जब बड़ी बहू जीवित थी तो इसी घर के चौके में बड़ी...बड़ी चटाइयां बिछाई जाती थीं और घंटों सारा घर इसी चौके में बैठा गपशप किया करता था। तब यही रुपा पैदा हुई थी, घर में खुशियों के बाजे बजे थे, गरीबों को मिठाईयां बांटी गई थीं तभी मैं बाजार से लाई गई थीं। लेकिन जमाना भी क्या है कि बदलते देर नहीं लगती। बड़ी बहू बीमार पड़ी और एक दिन यह दुनियां छोड़कर चल बसीं।

कलछी : चल बसीं। तो मालिक की दूसरी शादी हुई है क्या?

चिमटा : (खांसते हुए) मुझे भी नहीं मालूम था बटलोई रानी, तुमने तो आज एक अजीब कहानी सुना डाली। फिर आगे क्या हुआ, कुछ और तो बताओ।

बटलोई : आगे क्या होता। वही हुआ जो होना था। मालिक ने एक एम०ए० पास लड़की से व्याह कर लिया और फिर हमारा वही

हाल हुआ जो तमाम पढ़े लिखे घरों के रसोईयों का होता है। अगर बहू समझदार हुई तो इन लोदे के टूटे फूटे बर्तनों की जगह मशीनों में ढले हुए बिलायती बर्तन आकर लकड़ी की सुन्दर आलमारियों में सज जायेगें और अगर उसे होटल में खाना खाने का शौक़ हुआ तो फिर भगवान ही बचाये।

कलछी : तो क्या हमारी बहू जी होटल में खाने की शौकीन हैं? (दूर से गिलास के झनझनाने की आवाज़)

चिमटा : कहिये भाई गिलास जी। कुछ आपको भी कहना है क्या।

गिलास : क्यों नहीं, मैं ही तो सारी कहानी की जड़ हूं जब से यह हमारी नई मालकिन आई, घर में धातु के गिलासों का उपयोग ही नहीं हुआ। जाने कब का जूठा मैं यहाँ से वहाँ मारा-मारा फिर रहा हूँ। कभी किसी नौकर ने बड़ी दया की तो पानी से धोकर मुझे आप लोगों के बीच डाल दिया। वरना इस कोने से उस कोने मारा-मारा फिरता रहता हूँ। सारी कहानी तो मैं कह सकता हूँ। यह निकम्मी बटलोई मटलोई क्या जाने। कुल ले देकर इसकी दौड़ तो इसी चूल्हे से नल तक है। आग पर तपाई गई और मुंह काला करके नल के नीचे डाल दी गई। बड़ी चली है कहानी बताने।

बटलोई : देखरी कलछी, तू भी देख और देखिए चिमटा बाबा यह गिलास अनायास ही मुझसे लड़ रहा है। इस घर में रत्ती भर इसकी इज्जत नहीं है फिर भी इसकी शान नही मिलती। नौकर चाकर पानी पीकर नालियों में डाल देते हैं। इस घर में तो कोई बच्चा भी नहीं जो इसे खिलौना ही बना ले। उसपर भी इतना तुर्रा कि सारी कहानी तो मैं ही जानता हूँ।

गिलास : यह मुंह जली बहुत बढ़ती जा रही है।

बटलोई : चिमटा बाबा देखिए, इसको मना कर दीजिए नहीं तो मैं एक ही वार में इसकी हड्डी पसली एक कर दूंगी।

गिलास : क्या कहा, क्या कहा।

: बर्तनों के लड़ने की सम्मिलित ध्वनियां एक क्षण तक यह आवाज़ होती रहती है :

चिमटा : (खांसते हुए) हां, हां, यह तुम लोग क्या कर रहे हो, आपस में इस तरह लड़ना किसी भी तरह ठीक नहीं है। भला दूसरे सुनेंगे तो क्या कहेंगे कि एक ही रसोईघर के इतने प्राणी आपस में एक दूसरे से लड़ा करते हैं।

(रेडियो का संगीत कुछ और उभरता है। लोगों के बात चीत करने और हंसने की आवाजें भूमि में सुनाई पड़ती है)

ट्रे : (पैरों की आवाज और प्लेट-प्यालों की खड़खड़ाहट) अच्छा तो यहां लड़ाई हो रही है। और तुम बूढ़े चिमटा महराज बैठे सुन रहे हो, तुम्हें पता नहीं कि साहब आज सेकेन्ड शो सिनेमा जाने वाले हैं। अगर कहीं समय पर खाना न मिला तो तुम लोगों की क्या गत बनाई जायेगी। यह मैं ही जानता हूं और इस कुमारी रुपा के ऊपर भी तुम लोगों को दया नहीं आती। कल सासर महोदय ने जाकर मालकिन से कह दिया कि उन्हें तो कु रूपा ने बाथरूम में फेंक दिया था। इसपर इतनी डांट पड़ी कि दूधदानी से लेकर केटली तक घंटों रोतीं रहीं। चाय की छन्नी तो कहने लगी कि भाई बिना मां के इस संसार में कोई सहारा नहीं है।

बटलोई : और नहीं तो क्या, अगर बड़ी मालकिन जीवित होतीं तो आज बेचारी इस तरह चौके में बैठकर बिना दांत के चिमटा महोदय से लड़ाई करती।

चिमटा : (खांसते हुये) अरे मुझसे क्या लड़ेगी बेचारी, दुःख की मारी अगर दो मिनट को मुझसे उलझ ही लेती है तो इसमें क्या बिगड़ जाता है, हम जैसे बूढ़ो के पास अगर दो मिनट कोई न बैठे तो हमारी तो जिन्दगी ही पहाड़ हो जाय।

बटलोई : अगर ऐसी बात है तो हम सब को मिलकर कुमारी रुपा के लिए सहानुभूति व्यक्त करना चाहिये। यह हमारे लिए आवश्यक है कि हम अपनी पुरानी मालकिन की एक मात्र संतान के दुख-सुख में सहायक सिद्ध हों।

कलछी : अवश्य ही हम कुमारी रुपा के लिए सब कुछ करने के लिए तैयार हैं। लेकिन शर्त यही है कि वह भी पूरी तरह हमारे साथ सहयोग करें। घर का खानसामा चला गया है तो चला जाय।

हमें किसी भी खानसामें की जरूरत नहीं है हम खुद सब काम करने के लिए तैयार है लेकिन हमारी देख रेख का भार कुमारी रूपा को लेना होगा।

बटलोई : तेरा मतलब मेरी समझ में नहीं आया। क्या तू चाहती है कि रूपा अब खानसामा का काम करे और साहब की कमाई इसी तरह होटलों में उड़ती रहे।

(पृष्ठभूमि में बर्तनों का शोरगुल होता है जैसे बड़बड़ा रहे हों)

चिमटा : अरे भाई तुम लोग नाहक शोर मचा रहे हो। खाना बनाना तो हमारी भारतीय स्त्रियों का पुराना आदर्श है शादी व्याह होने के पहले मातायें अपनी कन्याओं को रोटी पानी करना सिखाती हैं। यही रसोईघर तो भारतीय गृहस्थी का मुख्य स्थान है जहां से जीवन का सुख और सौन्दर्य उदित होकर परिवार के सारे लोगों तक फैलता है।

ट्रे... : यह सब तो ठीक है। लेकिन आज की नई दुनिया में जब आदमी अपनी छोटी सी जिन्दगी के एक एक मिनट का उपयोग करना चाहता है तो उसे शायद ऐसी गृहस्थियों की जरूरत नहीं रहती है जो चूल्हे पर बैठकर अपना समय नष्ट किया करती है। जिस काम को तीस रुपये महीने का खानसामा कर सकता है उस काम के लिए इतनी कीमती जिन्दगी को इस तरह बरबाद किया जाना, आज के युग में अन्याय माना जाता है।

बटलोई : तो क्या आज के युग में औरतें साड़ी, व्लाउज़ पहन लिपीस्टीक पाउडर लगाकर अपने पति के दोस्तों से गप लड़ाने के लिए बनी है।

चिमटा : खांसते हुये : यह भी बात नहीं है बटलोई रानी, तुम भी तो एक औरत ही हो। जाने कब से देख रहा हूँ कि इस गृहस्थी के जंजाल में आग पर तप तपकर जल रही हो लेकिन तुम्हारा सौन्दर्य तो दिन दिन बढ़ता जा रहा है।

कलछी : मजाक की बात रहने दो चिमटा दादा, इस समय हम लोग कुमारी रूपा के भविष्य की चिन्ता में लगे हैं।

बटलोई : भविष्य तो दो ही तरह का हो सकता है भाई। मैं दोनों बातों को इसी घर में अच्छी तरह देख चुकी हूँ। या तो कुमारी रूपा

अपनी मां की तरह भारतीय नारी के आदर्श पर चले। उस हालत में उन्हें हमारा पूरा सहयोग मिल सकता है। या फिर ट्रे भाई की बातों के अनुसार ड्राइंग रूम की गपशप और सिनेमा घरों की मटर गस्ती करें–अपनी दूसरी मां की तरह।

गिलास : (बड़े जोर की भनभनाहट के साथ) कुमारी रूपा को तुम्हारे सहयोग की जरूरत नहीं है, तुम इसी आग में जिन्दगी भर जलो। संड़सी चिमटा, और कलछी की मार खाओ और अपनी पीठ पर माटी पुतवाओ और अपनी पेट में मिरचा और मसाला भरवाओ, कुमारी रूपा को क्षमा करो।

उन्हें कोई गृहस्थी की आग में जलकर खाक नहीं होना है। कुछ भी हो, मालिक उनके पिता है। किसी पढ़े लिखे लड़के से उनकी शादी होगी। घर में बावर्ची शोफर और आया..जाने कितने नौकर चाकर होंगे, अपना बंगला होगा। उसमें खूबसूरत लान और गार्डन होगा। तब उन्हें क्या जरूरत है चूल्हा चौके की। चली है बड़ी मालकिन बनने के स्वप्न देखने। में भी पहले यही सोचता था। चिमटा बाबा जैसे बड़े बूढ़ों लोगों और बड़ी मालकिन जैसी गृहस्थिनों की बातें सुहानी लगा करतीं। लेकिन इन पांच वर्षों तक लगातार ठोकर खाने के बाद में इस नतीज़े पर पहुंच गया हूं कि नारी समाज को मिस्टर ट्रे के आदर्शों पर ही चलना चाहिये। जो लोग स्त्री स्वतंत्रता के हामीं है उन्हें उसकी योग्यताओं के अनुकूल काम देने में हिचकना भी न चाहिए। अगर कोई स्त्री डॉक्टर बन सकती है तो उसे डॉक्टर बनना चाहिये कोई जरूरी नहीं है कि वह चूल्हे चौके के झूठे आदर्शों में अपने को फसाये रहे। अगर कोई स्त्री शिक्षिका बन सकती है तो उसे वह बनना चाहिये। उसकी योग्यताओं के चरम विकास का अवसर समाज को देना ही चाहिये। चिमटा बाबा और बटलोई महारानी की राय हम कभी नहीं मान सकते।

(तालियों और वाह वाह की आवाज़)

कलछी : गिलास बिलकुल ठीक कहता है। अगर समाज में स्त्री को पुरुष के बराबर अधिकार दिलाना है तो उसे अपनी योग्यताओं के विकास का पूरा अवसर मिलना चाहिये। कोई जरूरी नहीं है कि

साइंस की छात्रा को पाक विज्ञान की शिक्षा लेनी ही पड़े। इसमें सन्देह नहीं कि घर की देख रेख का भार औरतों के ही ऊपर रहता है। और कोई इस दृष्टि से उन्हें रसोई घर के बारे में जानना जरूरी भी है तो भी मुझे यह कहने में कोई डर नहीं कि अस्पताल की जिम्मेदारियों में, कूटनीतिक संबंध रखने वाले दफ़तरों में, ज्ञान विज्ञान के महाविद्यालयों के खोज सम्बन्धी कार्यालयों में बैठी महिलायें भी खाना बनाना सीखें। मैं आज अपने सभी मित्रों से अपील करती हूं कि अब तक कुमारी रूपा के बारे में वे गलत सोचते रहे हैं। हमें इस बात की कोशिश करनी चाहिये कि वे अपने रुचि के विषय में दिनों दिन उन्नति करें।

चिमटा : (खांसते हुए) लेकिन मेरा तो ख्याल है कि बिटिया की रुचि का विषय फिल्म ही है, क्योंकि रात दिन वह फिलमी गाने गुनगुनाया करती है, पढ़ने भी बैठेगी तो सिलोन रेडियो की धीमी आवाज़ उसके कान में पड़नी चाहिये।

ट्रे : इसमें चिन्ता की कोई बात नहीं। मालकिन के एक मित्र सिनेमा में संगीत-निर्देशन का काम करते हैं। मैं उनको कई बार चाय पिला चुका हूं। अगर आप लोगों की राय हो तो मैं उनसे कह सकता हूँ। मुझे विश्वास है कि वे मेरी बात जरूर मान लेंगे।

कलछी : कुमारी रूपा का रूप रंग भी तो अच्छा ही है।

गिलास : लेकिन इस मुटल्ली बटलोही से तो पूछ लो। यह तो खुद सड़सी में गर्दन फेंकवाने की आदी है, वही इसके लिए भी चाहेगी।

बटलोई : मैं कहती हूं, मैं कहती हूं (गुस्से से हकलाने लगती है) इसे वह सब कहने और मेरा निरादर करने का कोई अधिकार नहीं है।

: शोर होने लगता है, बर्तनों के खड़खड़ाने की आवाज़ और साथ ही और शोर गुल भी-जिसमें कोई बात स्पष्ट नहीं है इसी के बीच चिमटा का ऊंचा स्वर उठता है-

चिमटा : सुनो। खामोश हो जाओ। हम रूपा रानी के लिए कुछ करने का विचार कर रहे थे, अपनी लड़ाई बन्द करो। मेरे ख्याल से रूपा

को रसोई घर भी देखना चाहिए और आधुनिक ढंग से भी रहना चाहिए। हम रसोईघर के वाशिन्दों की भलाई भी इसी में है। यदि रूपा रानी आधुनिक तरीके अपनाती है तो हमें भी सुख और आराम मिलेगा, हमें आग पर समय से चढ़ाया जायगा, समय से उतारा जायेगा ... पत्थर पर माटी से रगड़-रगड़ कर हमारा जीवन बरबाद नहीं होगा। हमारा इस्तेमाल भी ठीक तरह से होगा और हम अधिक दिन जीवित रह सकेंगे, हमारी आयु बढ़ेगी...

(तभी एक चम्मच झनझनाता हुआ फर्श पर जमी महफिल में आकर गिरता है)

चम्मच : (कराहता हुआ) आह टूट गयी : टूट गयी कमर आह...(तीन चार स्वर)...क्या हुआ... क्या हुआ ?

चम्मच : तुम सब आकर यहां जम गये और रूपा रानी तुम्हें खोजते खोजते परेशान हो गयी समय से खाना नहीं पक पाया और मालिक बिगड़ रहे हैं उनपर, उनके सिनेमा जाने का समय हो गया...गुस्से में मुझे फेंक दिया... आह...आह...

: रेडियो संगीत की दर्द भरी आवाज़.. रूपा की सिसिकियां पृष्ठभूमि में उठकर और भी तेज़ होती जाती है। पीछे से डांटने का स्वर और सिसकियां।

चिमटा : रूपा रो रही है...मालिक का सिनेमा जाने का समय हो गया।...खाना तैयार नहीं... यह तब तक होता रहेगा जब तक पुराने और नये तरीकों का सन्तुलन नहीं होता...जब तक डांट फटकार का स्थान आपसी समझदारी नहीं लेती...तब तक रसोई घर को यही अपमान सहना पड़ेगा और रूपा रानी रोती रहेगी...रूपा रानी रोती रहेगी...

(तेज़ कदमों से मालिक और मालकिन के बाहर जाने की ध्वनि और रूपा की तेज़ होती हुई सिसकियों के बीच अवसादमय संगीत के साथ फेड आउट)

(पर्दा गिरता है।)

रूपक

पात्र

गिरधर

सरो

जयंत

माँसी

समय

आठ बजे सुबह

स्थान

नाटककार गिरधर के आफिस का बरामदा

नाटककार गिरधर के बैठक का बाहरी बरामदा। सामने के तीन दर्वाजों में से किनारे के दो पर जाली के पर्दे लटक रहे हैं। बीच का दर्वाजा खुला हुआ है। उसी के सामने एक छोटी मेज़ के चारों ओर छोटी आराम कुर्सियाँ पड़ी हुई हैं। बाहर स झीने पर्दे के भीतर का दृश्य स्पष्ट दिखाई पड़ता है। एक पर्दे के पीछे एक पढ़ने की मेज़ और उसकी बगल रखे रैक की पुस्तकें पर्दा एक ओर खींच देने के कारण साफ दिखाई पड़ती हैं। दूसरी ओर एक बड़ी खुली आलमारी में बहुत सारी किताबें, सूचीपत्र और अन्य ज़रूरी काग़ज़ात पड़े हैं।

नाटककार गिरधर बहुरूपिया किस्म के आदमी हैं। कुछ अजीब कपड़े पहनना, अजीब ढंग से बात करना उन्हें बहुत भाता है। हास्य और चातुर्य का बौद्धिक अभाव उन्हें अकेले में बहुत खलता है। इसलिए कुछ भोंड़े मज़ाक, जो कभी-कभी बिना सिर-पैर के होते हैं, प्रायः उनकी ज़बान पर लटके रहते हैं। एक विशेषता उनकी यह है कि वे दुनियाँ के अधिकांश, या यों कहें कि सभी लोगों को मूर्ख समझते हैं। अगर कोई पिटी-पिटाई बात उनकी नाकाम बुद्धि में आ गयी तो उन्हें लगेगा, मैंने तो एक अजीबोग़रीब बात ढूढ़ निकाली है और उसका प्रयोग वे अपने मित्रों पर करने लगते हैं।

उनके नज़दीक आने वाले व्यक्ति के लिए, समय और सौजन्य की मर्यादा छोड़ देना एक आवश्यक गुण माना जाएगा। क्योंकि किस समय वह क्या कहेंगे अथवा कहेंगे क्या और करेंगे क्या, इस सबका अन्दाज़ लगाना, एक असाधारण बौद्धिक मसक्क़त है।

नाटककार, गिरधर, एक लम्बा कालरदार कुर्ता–पायजामा पहने, पढ़ने वाली मेज़ पर बैठे कुछ लिखने की कोशिश कर रहें हैं तभी पर्दा उठता है और एक ओर से उनका एक युवक मित्र जयंत, जो उन्हें बहुत नज़दीक से जानता–पहचानता है, और उनके कई नाटकों में हिस्सा ले चुका है, सिर झुकाए, कुछ अजीब–सा मुस्कराता हुआ प्रवेश करता है।)

जयंत : (दोनों हाथ जोड़कर मुस्कराते हुए) मैंने कहा नमस्कार गिरधर जी!

गिरधर : (बनावटी मुस्कराहट के साथ सिर उठाते हुए।) कहो भाई जयंत कैसे रास्ता भूल गये, और कहो यार, कैसा चल रहा है तुम्हारा कारोबार। मैं तो बस फना हो गया इस पचड़े में फँस कर।

जयंत : (उसी तरह मुस्कराते हुए।) आप भी क्या बात करते हैं गिरधर जी!

गिरधर : यकीन करो यार! यह तो कहो मेरे जैसा तेज़ आदमी था कि जम गया, वर्ना ठहरने देते हैं किसी को ये हिन्दी के लेखक–प्रकाशक।

(गिरधर की पत्नी सरो का एक हाथ में कुछ कागज़ात लिए और दूसरे से चश्मा ठीक करते हुए प्रवेश।)

सरो : (दूर ही से) मैं भाई, कमीशन की बात इस रूप में नहीं मान सकती।

गिरधर : कुछ रुपये–पैसे का भी अन्दाज लिया तुमने। अगर नकद कुछ हो...कैसा आसामी है?

सरो : (पास आ जाती है।) वह तो ठीक–ठाक है। हैं उसके पास। (जयंत उठकर नमस्कार करता है।) कहो भाई जयंत, सब ठीक–ठीक है न! तुम तो कभी आते ही नहीं।

जयंत : जी...जी...आफिस–वाफिस का चक्कर...

सरो : अच्छा...अच्छा...कुछ चाय–वाय पियो...(ज़ोर से आवाज़ लगाती है।) माँसी...! माँसी...!! (गिरधर की कुर्सी से सटकर पर्चे सामने रखती है।)

गिरधर : (कागज़ों को देखते हुए।) कुल छै सौ! बहुत आते हैं सरो। (सहसा जयंत को देखकर बात बदलते हुए।) जयंत भई, यह काम ही ऐसा टेढ़ा है। मैं तो लुट जाऊँ इस दुनियाँ में पर सरो अपने वसूल की ऐसी पक्की है कि किसी की दाल ही नहीं गलती।

(जयंत जैसे पागलों-सा सिर हिलाता है।)

जयंत : जी...जी...ठीक ही कहते हैं।

सरो : तो क्या कहते हो...

गिरधर : निकाल लो गोदाम से न्यूजप्रिंट वाली प्रतियाँ। (एक आँख दबा कर होठों और दाँतों के संयोग से एक अजीब-सी आवाज़ निकालता है।)

गिरधर : कैसा रहेगा...! (क्षण भर रुककर) मेरी जान, जब सरकार को एंटिक पर छपी किताबें दिखाकर, न्यूजप्रिंट वाली ठोंक देती हो, तो कम्बख़्त बनियों की क्या बात।

(सरो जयंत को देखकर, कड़ी निगाह से गिरधर की ओर देखती है गिरधर उसी तरह की भद्दी आवाज़ करता है। तभी माँसी एक छोटी मेज़ लेकर अन्दर आती है।)

सरो : माँसी प्लेट-प्याले खूब गरम कर लेना। पानी भी खूब गरम रहे और हाँ, ढँक लेना टिकोज़ी से। (जयंत की ओर मुड़कर।) तुम तो एकदम चुप बैठे हो जयंत, कुछ बात तो करो! कहो कैसे भटक गये आज!

जयंत : वैसे ही भैन जी! सोचा मिलता चलूँ।

गिरधर : नहीं यार, मैं जानता हूँ। ज़रूर कोइ काम होगा, वर्ना कौन झाँकता है मेरे यहाँ।

सरो : भाग न जाना, देखो चाय आ रही है। एक प्याला गरम-गरम पियो, (जाते जाते रुककर।) बड़ी परीशान हूँ जयंत, वर्ना कुछ देर बैठती तुम्हारे पास। अब सीजन आने वाला है न! उसी में लगी हूँ। अपने पास तो वे सब साधन हैं नहीं, बस रात-दिन इसी में मरना पड़ता है। (रुककर इधर-उधर देखती है।) कभी-कभी आ जाया करो....(जाते-जाते) चाय पीकर जाना... अच्छा...

गिरधर : (कलम मेज़ पर ठोंकता है, जैसे किसी टूटी हुई बात को जोड़ रहा हो।) तुम ज़रूर किसी काम से आये हो! बताओ यार कैसे आये?

जयंत : (बड़े संकोच से) आया तो हूँ काम ही से जी!

गिरधर : बताओ भी चटपट यार!

(मेज़ पर कलम ठोंकने लगता है। जयंत एक चिट बढ़ा देता है। गिरधर उसे देखता है, तभी माँसी चाय लेकर आती है, उसी छोटी वाली मेज़ पर रखकर, चुपचाप खिसक जाती है।)

गिरधर : यह तो कोर्स की किताबों में लगने वाला नाटक है यार! प्रकाशक कौन है इसका? कुछ बताओगे भी!

जयंत : ऐसे ही एक मामूली-सा आदमी है गिरधर जी! मेरे पिता जी का दोस्त है। वह जो आपने उस दिन अपनी एक तसवीर दस्तखत करके दी थी न, उसी के कारण यह आफ़त मेरे सिर आ गयी। मेरे ही कमरे में पिता जी उस दोस्त के साथ बैठे, गप्पें कर रहे थे। वहीं उन्हें वह तस्वीर दिख गयी। पिता जी ने लम्बी हाँ की। 'वे तो मेरे बेटे के जनम के दोस्त हैं। दोनों साथ-साथ नाटक खेलते हैं' आदि।

गिरधर : (बीच ही में) फिर उन्होंने फाँस लिया तुम्हें....

जयंत : फाँस क्या लिया जी, कहने लगे मेरे पास ज़्यादा तो देने को नहीं है। किसी तरह पचास रुपये दे दूँगा।

गिरधर : सरो तो जानते हो अपने वसूल की बड़ी पक्की है। एक सौ एक से कम लेती ही नहीं। देखो मैं तुम्हें दिखाता हूँ (उठकर एक फाइल लेने जाता है। पीछे से जयंत मज़ाक में सिर हिलाता है।) देखो यह साहू दमड़ी चंद अभिनन्दन ग्रंथ में भी अभी उन्होंने मेरा एक छोटा-सा नाटक मँगवाया है और यह रसीद लगी है। बंगामल की फर्म का नाम तो सुना ही होगा। मुंशी तोदूमल के रिसाले के सालनामें में जब मेरा नाटक जाता है, एक सौ एक रुपये मिलते हैं।

जयंत : जी हाँ, जी...जी..यह तो है ही गिरधर जी! बिना आपके नाटकों....

गिरधर : (मुस्कराते हुए) तो तुम यार दोस्त होकर मेरे पेट पर लात क्यों मारते हो। तुम्हारी बात हो तो मैं अभी तैयार हूँ। (कुछ रुककर जयंत को देखते हुए।) तुम अभी समझते नहीं। यह ज़रूर किसी कोर्स बुक का मामला है, वर्ना मुझे कोई एक कौड़ी भी न दे।

जयंत : तब तो उन्होंने गज़ब कर दिया। मुझे पचास ही रुपये दिये और कहने लगे, इसी के अन्दर काम हो जाना चाहिए। मैं सोचता हूँ...अब जाने ही दीजिए गिरधर जी! मैं कह दूँगा...(उठने लगता है।)

गिरधर : (जल्दी में) रुको–रुको, 'बैठो तो...(घूम कर चाय देखता है, हाथ से केतली छूता है।) यह तो पानी हो गयी (ज़ोर से) माँसी...माँसी! (कोई उत्तर नहीं देता पर गिरधर बकता चला जाता है।) क्या पानी भर कर रख दिया। ज़रा जल्दी से दो प्याले गरम चाय लाओ! दो मिनट में।

जयंत : अरे रहने भी दीजिए गिरधर जी!

गिरधर : देखो तुम नहीं जानते जयंत, यह दुनियाँ फानी है यार! दो प्याले गरम चाय पिओ, फिर देखो क्या मज़ा आ जाता है। अब तुम आये ही हो तो क्या कहूँ। वैसे सरो अपने वसूल की बड़ी पक्की है पर कुछ कम ही दिला देना, हटाओ...

जयंत : आखिर कितने तक हो जाएगा।

गिरधर : अरे यही पचहत्तर–अस्सी में हो जाएगा। तुम नहीं जानते सरो कितनी पक्की है अपने वसूल की। अगर उसे मालूम हो जाए कि किताब कोर्स में मंजूर हो गयी है तो पाँच सौ एक से बात शुरू करती है।

जयंत : पाँच सौ एक!

गिरधर : और नहीं तो क्या। (सहसा विनम्र होकर!) बताओ हमारे पास आता ही कौन है। जब किताबे मंजूर हो जाती हैं, तब लोग झख मारने आते हैं। सरो को तो जानते ही हो। साल में एक बार, एक आदमी लगाती है, जो सारी कोर्स की किताबें देखकर लोगों को नोटिस देता है। (हाथ बढ़ाकर, जयंत का हाथ अपने हाथों में

ले लेता है।) फिर देखो, तुम्हारा इसमें क्या जाएगा, मेरा तो पेट मारा जाएगा यार!

(जयंत उठ खड़ा होता है, गिरधर उठकर उसके पास जाता है। और धीरे से कान में कहता है।)

गिरधर : पचहत्तर ही ले आओ! पर देखो, सरो को कानों कान खबर न हो। बड़ी जालिम औरत है यार! धीरे से मुझे दे देना, लिखकर दे दूँगा, फिर रहेगा कॉफ़ी हाउस। दस-पाँच तो वही का हो जाएगा।

(तभी सरो कमरे के पिछले दर्वाज़े से निकल कर दूसरी ओर आती है। गिरधर एकाएक बात बदल देता है।)

गिरधर : (जयंत का हाथ, अपने हाथों में लेकर खड़े-खड़े।) और सुनाओ क्या हाल-चाल है। सुना वे लोग तुम्हारे घर खाना-वाना खा गये।

जयंत : मेरे घर!

गिरधर : (बात बदल देता है।) मैं तो तुम जानते हो यार, बीमार आदमी हूँ। यह सब तो सरो का ही किया दिया है। वह तो खूब जानती है दुनियाँ को। हिन्दी के जितने भी छोटे-बड़े लेखक हैं, सबका कच्चा-चिट्ठा है उसके पास।

जयंत : (जाने का भाव जताते हुए) अच्छा गिरधर जी....

(हाथ उठाता है।)

गिरधर : आ रहे हो तुम अभी (फिर हाथ पकड़ लेता है।) इसमें बुरा मानने की बात नहीं भाई, यह सब न किया जाए तो कौन पूछे। बस पचहत्तर लाओ...

(आँखें तिरछी करके इशारा करता है।)

जयंत : देखिए कोशिश करता हूँ।

(जाने लगता है।)

गिरधर : (ऊँची आवाज़ में) देखो मेरा सोने का समय है पर मैं बाहर ही बैठा तुम्हारा इंतज़ार कर रहा हूँ।

जयंत : अच्छा....अच्छा...

(जयंत जाता है। गिरधर लौटने लगता है कि सरो सामने से आ धमकती है।)

सरो : (भौंह चढ़ाये हुए!) क्या बात थी जी! कैसे आया था यह जयंत। जानते हो कितना बड़ा चार सौ बीस है यह! हमारे दुश्मनों को खाना खिलाता है। उनके साथ घूमता है।

गिरधर : लेकिन बात क्या है!

सरो : (हाथ झिटकते हुए।) उसे पचहत्तर में इज़ाज़त नहीं दी जाएगी।

गिरधर : इज़ाज़त...कैसी इज़ाज़त!

सरो : मैं एक-एक बात सुनती रहती हूँ। इतनी ही सतर्क न होती तो... (गिरधर ठठाकर हँसता है।)

गिरधर : मुझसे शादी करती ! भई मैं ज़बान का रोज़गार नहीं करता। लिखकर तो दिया नहीं। अब तुम्हारे ऊपर टाल देंगे। यही तो सीखा है तुम्हारी संगति से, 'वर्ना मैं भी आदमी था काम का।'

सरो : (चिढ़कर।) मतलब कि मैंने तुम्हें बिगाड़ दिया है। (एक टक गिरधर की ओर देखती है। गिरधर खिसिया कर हँसने लगता है।)

गिरधर : यह कौन कह सकता है माई डार्लिङ्ग! तुमने तो बस इज़ाफ़ा किया है थोड़ा-सा। मैं तो खुद पहले दर्जे का चार सौ बीस था...

सरो : फिर वही बात...

गिरधर : मैं कहता हूँ, मेरा खून ही ऐसा है। मेरे बाप को तो तुमने देखा नहीं। चौबीस घंटे शराब में धुत्त। आख़िर कहीं से सीखना तो था ही...

सरो : अच्छा....अच्छा, अब बात बनाना बन्द करके, थोड़ा आराम करो! मैं उससे निपट लूँगी।

गिरधर : बहुत अच्छा...बहुत अच्छा...
(मेज़ से अपना फाइल बोर्ड उठाते हुए, सीटी बजाता हुआ अन्दर जाने को होता है।)

गिरधर : (रुककर) उस मुर्ग़े को फाँस जरूर लेना है, वर्ना जानती हो, जो रुपये मुझे देना है, वही कमेटी वालों को खिला कर मेरा नाम ही निकलवा देंगे।

सरो : मैं कहता हूँ तुम जाओ भी...(ज़ोर से आवाज़ लगाती है।) माँसी माँसी...अरे यह चाय के बरतन उठा ले जाओ!...

(धीरे-धीरे एक ओर चली जाती है। क्षण भर के लिए मंच पर अंधकार छा जाता है।)

(प्रकाश होने पर सरो उसी पढ़ने की मेज़ पर बैठकर प्रूफ़ देख रही है। माँसी एक ओर से आती है, दूसरी ओर चली जाती है। वह निगाह उठाकर दर्वाज़े की ओर देखती है, फिर उन्हीं काग़जों में धँस जाती है। तभी जयंत का एक ओर से प्रवेश।)

जयंत : (उत्सुकता से।) नमस्कार जी!

(सरो ऐसी बन जाती है जैसे उसे जानती ही न हो। (सिर नीचे किये काम में लगी रहती है।)

जयंत : मैं नमस्कार कर रहा हूँ भैन जी!

(हलका-सा सिर हिलाकर क्षण भर के लिए सिर ऊपर करती है।)

जयंत : मैं गिरधर जी से मिलना चाहता हूँ।

सरो (उसी तरह!) वे तो बड़े विज़ी हैं जी। इस समय मिलना नहीं हो सकता!

जयंत : लेकिन उन्होंने मुझे अभी बुलाया था।)

(भौचक्का-सा देखता रह जाता है। जैसे यह नाटक उसकी समझ में न आ रहा हो।)

जयंत : उन्हें खबर तो करवा दीजिए। अगर वे न मिलना चाहें तो मैं चला जाता हूँ।

सरो (झटके से उठती है।) अच्छा जी देखती हूँ।

(अन्दर जाती है। जयंत अपने कंधों को उचकाकर हाथों से कुछ अजीब-सा अभिनय करता है।)

(गिरधर का प्रवेश। सरो भी पीछे-पीछे आती है और अपना प्रूफ़ वगैरह लेकर दूसरी ओर चली जाती है।)

गिरधर (सबेरे के मिलने की बात भुलाते हुए, दूर ही से) कहो भाई कैसे आना हुआ!

जयंत : उसी काम के लिए आया हूँ जी। (आँखों से इशारा करता है।) पचहत्तर रुपये लाया हूँ,

गिरधर : भई बड़ा गड़बड़ हो गया। मेरा लड़का वहीं खड़ा सब सुन रहा था। उस कम्बख़्त ने यार, सरो को सब बता दिया। यह तो तुम जानते ही हो कि वह वसूल की कितनी पक्की है। उसी का सब बनाया है। यार रेट बिगड़ जाएगा।

जयंत : (गुस्से में) आप बड़े क़माल के आदमी हैं। सबेरे आप ने कहा पहचत्तर में हो जाएगा और अब एक सौ एक कह रहे हैं। अगर आपने सबेरे एक सौ एक कहा होता तो सरो दो सौ दो के लिए कह देती। आपकी ज़बान है या और कुछ...

गिरधर : (खिसिया कर!) वह तो...वह तो मैंने वैसे ही कह दिया था...

(तभी सरो का पीछे के कमरे से प्रवेश।)

जयंत : लेकिन इस समय तो मज़बूरी है। मेरे पास यही पचहत्तर हैं। इसे ले लीजिए। बाकी फिर दे जाऊँगा।

गिरधर : हाँ यह मैं कर सकता हूँ। (सरो को देखकर आवाज़ बदल जाती है।) भई यह धंधा ही ऐसा है। वह तो सरो न देखे तो सब डूब जाए।

सरो : (कुछ ढूढ़ते-ढूढ़ते मेज़ के पास पहुँच जाती है।) जयंत इसमें बिगड़ने की कोई बात नहीं। तुम घर के लड़के हो। हमारा सब कुछ तो तुम्हारे आगे है। आखिर कैसे काम चले, अगर इस तरह न रहा जाए।

गिरधर : भई यह वसूल की बड़ी पक्की है...

जयंत : जी...जी...इसमें क्या शक है गिरधर जी... (जेब से एक काग़ज का टुकड़ा निकाल कर आगे रख देता है।)

गिरधर : एक सौ एक की रसीद बना देता हूँ। छब्बीस फिर दे जाना।

(सरो झुक कर रसीद देखती है। फिर रैक के पास चली जाती है।)

जयंत : आज ही गिरधर जी! अभी लाया...(रसीद लेकर जेब में सँभाल कर रखता है।)

जयंत : (उठते हुए धीरे से) ज़रा एक मिनट के लिए, इधर तो आ जाइए।

गिरधर : कहो कहो, यहीं कहो (जोर से बोलता है।)

जयंत : एक दूसरे मामले की बात है।

(गिरधर उठता है। जयंत उसके कंधे पर हाथ रखकर बीच वाले दर्वाज़े पर आ जाता है।)

जयंत : (विचित्र मुसकराहट के साथ) आप भी कभी-कभी क़माल कर देते हैं।

गिरधर : (जल्दी में हकलाने लगता है।) कैसा कमाल... कैसा कमला

जयंत : आपने सरो जी को खूब बेवक़ूफ बनाया। मुझे तो पहले पता ही नहीं लगा कि यह क्या रूपक है?

गिरधर : अरे भाई मैंने तो एक सौ एक की रसीद दी है। (घबराता है) मैं कोई नाटक नहीं कर रहा था यार!

(जयंत जाने लगता है। गिरधर उसके पीछे पड़ता है।)

गिरधर : सुनो तो...तेरा मेरा मतलब...मेरा... तुम छब्बीस रुपये कब ला रहे हो..वह छब्बीस तो तुम्हें देने ही होंगे।

जयंत : मान गये गिरधर जी! कमाल है...खूब ऐक्टिङ्ग की भाई...खूब..., अच्छा बाई...बाई।

(हाँथ हिलाता हुआ ओझल हो जाता है। गिरधर ताकता, हाथ मलता खड़ा रहता है।)

(पर्दा गिरता है।)

●●●